# 趣味學古文

## 宋代篇

馬星原 圖　方舒眉 文

U0132411

商務印書館

## 趣味學古文（宋代篇）

作　　者：馬星原　方舒眉

漫畫設色：袁佳俊

責任編輯：鄒淑樺

封面設計：丁　意

出　　版：商務印書館（香港）有限公司

　　　　　香港筲箕灣耀興道 3 號東匯廣場 8 樓

　　　　　hppt://www.commercialpress.com.hk

發　　行：香港聯合書刊物流有限公司

　　　　　香港新界大埔汀麗路 36 號中華商務印刷大廈 3 字樓

印　　刷：中華商務彩色印刷有限公司

　　　　　香港新界大埔汀麗路 36 號中華商務印刷大廈 14 字樓

版　　次：2020 年 7 月第 1 版第 2 次印刷

# 目　錄

## 泛舟浩瀚書海　承傳古文之美

　　導讀之書，不求鞭辟入裏之理論闡發，不務廣大精微之學問追求。旨在以能如嚮導，透過交通工具，帶引有志於旅遊學問名勝之愛讀書人，登山臨水，尋幽探勝；漫步書山大路，泛舟浩瀚書海，無跋涉長途之苦，而有賞覽風光美景之樂。

　　馬星原與方舒眉伉儷合作編著之《趣味學古文‧宋代篇》，所選之文章皆宋代詩文名篇；書中導讀文字，着重深入淺出，寓文意於鮮明有趣插圖中，內容有如文章嚮導，引領讀者悠然徜徉其中，而自得其樂。

　　馬方伉儷在推廣中國歷史與文學知識方面，一向致力於「文字與插圖並重」方式，引導愛讀書年青人，寓讀書於娛樂，啟發年青人喜愛中國歷史與文學，進而作更深入追求，情誠用心，不懈努力，精神可嘉，故樂為之序。

葉玉樹　謹誌

前聖方濟中學中文科老師及訓導主任

二零一七年三月八日清晨

## 我國文學瑰麗無比　古人智慧趣味傳承

在我的求學年代，小學已須讀古文。那時我和我的「同學仔」分成兩派，一派是怨聲載道，一派甘之如飴。而我屬於後者。

小時候不大懂得古文中的甚麼微言大義，只覺得古文音韻鏗鏘，用詞典雅，背起來也不覺困難。「怨聲載道」的一派當然不認同，只覺得古文讀來詰屈聲牙，用字又冷僻艱深，對其中文義不知所云！

中學時有幸遇上一位好老師，他就是今次為我寫序，廣受同學愛戴的葉玉樹老師。

葉老師教古文時，除了詳細解釋本文之外，更有很多典故趣事穿插其中，教書時又七情上面，手之舞之，足之蹈之，聽他講課，實在興味盎然。

到了大學時，因唸新聞系緣故，必須常常執筆寫文章，方知道多讀古文的好處，領悟到：若覺得古文枯燥，應不是古文本身，而是教的方法未能靈活變通引導。

有感於時下年青一代多視讀古文為畏途，故此嘗試以漫畫加導讀形式，讓學子可藉看圖知文意輕鬆學習。

環顧世界，並非每個國家，每個民族都有「古文」可供學習，身為中國人，慶幸傳承下來的文學瑰麗多姿，而古人智慧蘊藉宏富，大有勝於今人者，不好好學習，是莫大的損失。以古文導讀拋磚引玉，望能引起年青人讀古文興趣，盼識者不吝指正。

方舒眉

# 1

# 虞美人

李　煜

李煜（公元 937-978 年），初名從嘉，字重光，號鍾隱，徐州（今屬江蘇）人。南唐中主李璟第六子。公元 961 年嗣位，史稱南唐後主。

李煜不是一位稱職的皇帝，但他在文學藝術方面則極有天賦，尤通音律，詞的創作堪稱五代之冠。前期多寫宮廷享樂生活，風格綺靡；後期則感喟亡國之悲，滿紙愁懷。

這首《虞美人》作於太平興國三年（公元 978 年）。當時李煜已國破家亡，被俘囚禁在開封已多年。據說七月七日這天，他撫今追昔，寫下了這首詞。後來這首詞對外流傳，由於詞中有強烈懷念故國的情緒，觸怒了宋太宗，不久就被毒死了。

虞美人

春花秋月何時了？注
事知多少！小樓昨夜
又東風，故國不堪回
首月明中！

春天的花，秋天的月，
這美好的一切何時了
結？勾起往日的回憶
可知有多少？

昨夜，小樓吹起一陣東
風，皓月當空的晚上，
更加難以承受回憶故
國的傷痛。

雕闌玉砌應猶在，只是朱顏改。問君能有幾多愁？恰似一江春水向東流！

想起舊日宮殿的雕欄玉砌，應該還在吧？只是人已老去了。

要問我心中有多少哀愁？就像這一江春水，滾滾東流永無止息。

「問君能有幾多愁？恰似一江春水向東流。」

　　此兩句一問一答，屬全篇作品最有藝術美麗的部分之一。中國地勢西高東低，浩蕩江水向東流是永遠無法改變的事實，是一個無休止的存在。這裏以水喻愁，比喻愁之無窮無盡、愁之洶湧澎湃，更容易引發讀者聯想，引起後世人普遍的共鳴。

# 2
# 雨 霖 鈴

柳　永

　　《雨霖鈴》是北宋著名詞人柳永的作品。天聖二年，柳永第四次落第，憤然離京。與人離別之際，有感而發寫下了《雨霖鈴》一詞。

　　詞的上片描寫兩人難捨難離之情。起首三句描寫離別時的環境，接着寫兩人雖萬分不捨，但天色已晚，「蘭舟催發」。柳永縱有千言萬語，此時卻「無語凝噎」。下片則是柳永對離別表示感慨。一開始點明自古以來，離別乃人生最悲痛的事，再說自己即使面對良辰美景，但對方不在，他又能與誰傾訴呢？不過是虛設罷了。

　　柳永匠心獨運，寫景時遠近相連，虛實結合，極具真實性；寫情時極盡渲染襯托，層層推進，使之情景交融，令人在誦讀時會產生強烈的共鳴，感受到詞人的離別之苦。

雨霖鈴

寒蟬淒切，對長亭晚，
驟雨初歇。都門帳飲
無緒，留戀處、蘭舟
催發。

秋蟬叫聲，淒涼悲切。來到長亭時已近傍晚。驟雨剛停。

在城外設帳餞行，離別的酒使人心思煩亂。

留戀不捨之際，船家又催人上船，要出發了！

雨霖鈴

執手相看淚眼，竟無語凝噎。念去去、千里煙波，暮靄沉沉楚天闊。

執手相看，滿目含淚，氣噎咽喉，一句話也說不出來。

念着這一去，將隨千里煙波，晚間霧氣濃重，而楚地天空是如此寥廓。

# 雨霖鈴

多情自古傷離別，更那堪、冷落清秋節。今宵酒醒何處？楊柳岸、曉風殘月。此去經年，應是良辰好景虛設。便縱有千種風情，更與何人說？

多情的人自古傷別離，更那堪，在這冷落傷感的清秋季節？

今夜裏，宿醒時身在何處？楊柳岸邊，伴我晚風殘月。

此番離去，一年又一年，一切良辰美景成為虛設。即使有千般情意，又能對誰去說呢？

## 「長亭」

古代在路邊設置供行人歇腳休息的地方。相傳十里一長亭，五里一短亭。後來逐漸演變成送別之地。

## 「楚天」

古代楚國在今長江中下游一帶，位居南方，所以泛指南方的天空為楚天。

# 3

# 岳陽樓記

范仲淹

范仲淹（公元 989-1052 年），字希文。

此文是他應同年（科舉時同榜錄取）好友滕子京所作。

滕子京被貶官至岳州（今岳陽市），翌年因重修岳陽樓而央范仲淹寫序，遂有此《岳陽樓記》。

作此文章有一難處，就是岳陽樓乃遊賞之地，而滕子京是貶謫之人，重修費不問而知是國家公帑。滕子京獲貶岳州之罪恰恰又是「靡費公錢」！故范仲淹於文首，即以「越明年，政通人和，百廢俱興」來讚譽滕子京政績，以絕流言。

同年好友滕子京託范仲淹為岳陽樓寫序，又恐他事忙而未能親臨岳州，故隨書信附上一本《洞庭秋晚圖》。

於是後世論者大多認為范仲淹未嘗至岳州，是對着圖畫而寫成的云云。

然而亦有學者考證，范仲淹至少兩次親臨岳陽，甚至童年時已曾到此一遊。

其實，不論范仲淹有否親臨岳陽樓，《岳陽樓記》這千古名篇，並不因此而有損，只會多一則有趣談助而已。

《岳陽樓記》可分為五段落。

第一段，寫緣起。

第二段，寫景，但並非直接描寫岳陽樓，而是登樓遠望，寫四周之景物。

第三段，承接上文「覽物之情，得無異乎？」，此段描寫覽物之悲者。

第四段，則言覽物而喜者。

第五段，千里來龍，到此結穴，最後一段方是范仲淹要説的「正文」。

范仲淹寫了一番岳陽樓上「觀景覽物」之情，或喜或悲，都是為了末段鋪排引領。

這一段，是借「古仁人之心」來勸勉好友滕子京，不論「居廟堂之高」或「處江湖之遠」，都應以「先天下憂而憂，後天下之樂而樂」的態度克盡其職。

范仲淹別出心裁，《岳陽樓記》情、景、議論層層相扣，佳句紛呈，成就「樓觀非有文字稱記者不為久」的絕妙好文。

慶曆四年春，滕子京謫守巴陵郡。越明年，政通人和，百廢具興。乃重修岳陽樓，增其舊制，刻唐賢、今人詩賦於其上；屬予作文以記之。

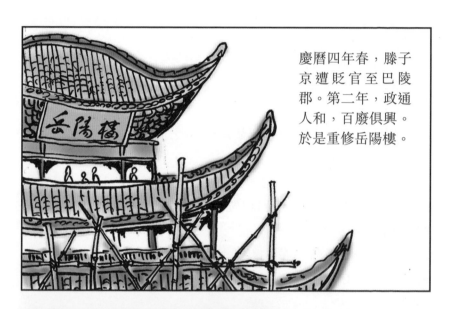

慶曆四年春，滕子京遭貶官至巴陵郡。第二年，政通人和，百廢俱興。於是重修岳陽樓。

擴充舊有規模，並將唐代與今人詩賦作品刻在壁上。

囑咐我作文以記之。

予觀夫巴陵勝狀，在洞庭一湖。銜遠山，吞長江，浩浩湯湯，橫無際涯；朝暉夕陰，氣象萬千。此則岳陽樓之大觀也。前人之述備矣。然則北通巫峽，南極瀟湘，遷客騷人，多會於此，覽物之情，得無異乎？

依我看，巴陵的美景，在於洞庭湖。它銜接遠山，容納長江水，浩浩蕩蕩，廣闊無邊；朝暉夕陰，氣象萬千，這岳陽樓的壯麗景觀，前人的描述已很詳盡了。

然而這裏北通巫峽，南邊是瀟水湘水，被降職貶官之人和詩人墨客，多半會來這裏，在觀賞景物之際，他們心中泛起的感歎，難道一樣嗎？

若夫霪雨霏霏，連月不開；陰風怒號，濁浪排空；日星隱耀，山岳潛形；商旅不行，檣傾楫摧；

像那連綿的雨，幾個月不停；陰冷的風怒吼，濁浪翻騰到空中；太陽和群星都隱沒光芒，山嶽的形體都潛藏陰霾之中。

商旅無法通行，桅杆傾倒，船槳斷折。

薄暮冥冥，虎嘯猿啼。登斯樓也，則有去國懷鄉，憂讒畏譏，滿目蕭然，感極而悲者矣。

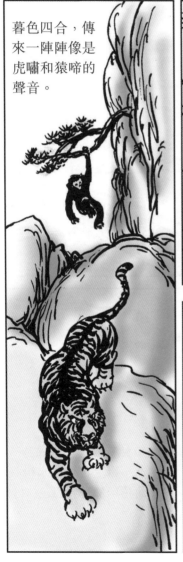

暮色四合，傳來一陣陣像是虎嘯和猿啼的聲音。

登上此樓，一種遠離故國、懷念鄉土的情懷油然而生。

憂慮奸人中傷與譏諷，復面對滿眼蕭條，感慨之極，悲從中來。

至若春和景明，波瀾
不驚，上下天光，一
碧萬頃；沙鷗翔集，
錦鱗游泳，岸芷汀
蘭，郁郁青青。

至若春和景明，波
瀾不驚，上下天
光，一碧萬頃；

沙鷗翔集，錦鱗游
泳，岸上芷草，水邊
蘭花，郁郁青青。

而或長煙一空，皓月千里，浮光躍金，靜影沉璧；漁歌互答，此樂何極！登斯樓也，則有心曠神怡，寵辱皆忘，把酒臨風，其喜洋洋者矣。

漁歌互答，此樂何極。

這時登上此樓，則有心曠神怡，寵辱皆忘，把酒臨風，其喜洋洋者矣。

而或長煙一空，皓月千里，湖面閃爍着金光，月影有如沉在水中的璧玉。

嗟夫！予嘗求古仁人之心，或異二者之為。何哉？不以物喜，不以己悲，居廟堂之高，則憂其民；處江湖之遠，則憂其君。

嗟夫！我嘗探究古代仁者之心，與兩者（流放官員與詩人）有何不同。

何哉？（古代仁者）不因身外物而高興，不因個人遭遇而悲傷。

身居朝廷高位，則憂其民。

身處江湖之遠，則憂其君。

是進亦憂，退亦憂，然則何時而樂耶？其必曰：「先天下之憂而憂，後天下之樂而樂」歟！噫！微斯人，吾誰與歸！

正是進亦憂，退亦憂；然則何時而樂耶？

他們必曰：

先天下之憂而憂，後天下之樂而樂！

噫！沒有這些賢人，我還可跟隨誰呢？

## 「居廟堂之高，則憂其民；處江湖之遠，則憂其君」

廟堂：意為高高在上的朝廷。江湖：指遠離富貴，隱居之所。此句名明言古仁人之心，實則帶出下句「憂」「樂」二字為全文關鍵。正面居高憂民是進，側面處遠憂君是退，無論進退均以民為先。

# 4
# 醉翁亭記

歐陽修

歐陽修（公元 1007-1072 年），字永叔，號醉翁，北宋著名文學家、史學家，為北宋古文運動領袖，為「唐宋八大家」之一。

歐陽修寫文章時喜歡將草稿貼在牆上，睡前仍對草稿細思細改，其妻憐其苦，問他為何如此執着，是否怕對不起老師，他答道：「不畏先生嗔，卻怕後生笑」。他的散文說理暢達，抒情委婉，王安石評其文謂：「充於文章，見於議論，豪健俊偉，怪巧瑰琦。其積於中者，浩如江河之停蓄；其發於外者，爛如日星之光輝；其清音幽韻，淒如飄風急雨之驟至；其雄辭閎辯，快如輕車駿馬之奔馳。」

（《祭歐陽文忠公文》）蘇轍稱其文「雍容俯仰，不大聲色，而文理自勝」（《歐陽文忠公神道碑》）。歐陽修文章學韓愈，而又不受韓愈文筆所規限，其如清池曲水般碧波蕩漾的風格，有別於韓文如長江大河的渾浩流轉。

後因支持范仲淹改革，歐陽修被貶滁州，從此寄情山水，經常宴請賓客，與民同樂，以排遣抑鬱之情。

環滁皆山也。其西南諸峯，林壑尤美；望之蔚然而深秀者，琅邪也。山行六七里，漸聞水聲潺潺，而瀉出於兩峯之間者，釀泉也。峯回路轉，有亭翼然臨于泉上者，醉翁亭也。

環繞滁州的都是山。那西南諸峰，樹木及山谷尤其優美，望之林木茂盛而又幽深的山，就是琅琊山。

在山中行走大約六、七里，漸聞水聲潺潺，而瀉出於兩峰之間的泉水，名釀泉也。

沿着山路曲折迴轉，看到一座亭角像鳥翼翹起的亭子，立於泉水之上，那就是醉翁亭了。

作亭者誰？山之僧曰智僊也。名之者誰？太守自謂也。太守與客來飲於此，飲少輒醉，而年又最高，故自號曰醉翁也。醉翁之意不在酒，在乎山水之間也。山水之樂，得之心而寓之酒也。

建造涼亭的人是誰？是山中的僧人，智仙禪師。

題名者是誰，是滁州太守用自己的別號來命名。

太守與賓客來這裏飲酒，只喝一點就醉了，而年紀又最大，故自號「醉翁」。

醉翁的心意其實不在於酒，而在於山水之間，山水之樂，領會於心而寄託於酒。

若夫日出而林霏開，雲歸而巖穴暝，晦明變化者，山間之朝暮也。

每當太陽升起，樹林間的霧氣便消散。

雲煙聚攏，山谷就顯得昏暗。

暗與明的變化者，山中的朝暮也。

野芳發而幽香，佳木秀而繁陰，風霜高潔，水落而石出者，山間之四時也。朝而注，暮而歸，四時之景不同，而樂亦無窮也。

野花盛開散發陣陣清香。

樹木秀密，形成一片綠蔭。

天高風清，霜色潔白。

水位低了，河床的石頭便露出來。

這就是山間的四季啦！

清晨前往，黃昏歸來，四季景色各有不同，遊山的樂趣也就無窮啦。

25

至于負者歌於塗，行
者休于樹；前者呼，
後者應；傴僂提攜，
往來而不絕者，滁人
遊也。臨谿而漁，谿
深而魚肥；

至於那些背着東西邊走邊唱的人，累
了就在樹下休息，前者呼喚，後者答
應……

彎着腰的老人，被大人牽拉着
的小孩，來來往往不絕於途
的，是滁州的遊客。

到溪邊釣魚，水深而
魚肥。

醉翁亭記

釀泉為酒，泉香而酒洌；山肴野蔌，雜然而前陳者，太守宴也。宴酣之樂，非絲非竹，射者中，弈者勝，觥籌交錯，起坐而諠譁者，眾賓懽也。蒼顏白髮，頹然乎其間者，太守醉也。

用釀泉造酒，泉香而酒清醇；各種山珍野菜，雜陳於前，是太守為賓客設宴。

宴會喝酒之樂，雖沒有絲竹音樂助興，但投壺射中了的、下棋贏了的，酒杯和行酒令籌傳來傳去，起鬧而喧嘩，賓客們都十分盡興。

一位蒼顏白髮老人醉醺醺於其間，原來是太守醉了！

已而夕陽在山，人影散亂，太守歸而賓客淡也。樹林陰翳，鳴聲上下，遊人去而禽鳥樂也。

不久，太陽下山，人影散亂。太守要歸家，賓客也隨着回去了。

樹林漸漸陰暗，鳥聲上下響應，遊人離開後禽鳥就歡樂了。

然而禽鳥知山林之樂，而不知人之樂；人知從太守遊而樂，而不知太守之樂其樂也。醉能同其樂，醒能述以文者，太守也。太守謂誰？廬陵歐陽修也。

然而，禽鳥知山林之樂，而不會了解人之歡樂。

而人們只知跟隨太守遊玩之樂，而不知太守因眾人歡樂而樂也！

醉了，能和大家一起歡樂，醒來能以文章記下這樂事者，太守也。太守是誰呢？廬陵人歐陽修是也。

「醉翁之意不在酒，在乎山水之間也。」

　　歐陽修謫居滁州時，在《題滁州醉翁亭》一文中寫道：「四十未為老，醉翁偶題篇。醉中遺萬物，豈復記吾年。」詩中歐陽修自號「醉翁」。然而，詩人認為四十未老，暗示尚可有所作為，所以自號醉翁實是反語，蘊含內心因遭貶職投閒置散抑鬱不得志的深愁，唯有寄情山水，盼能忘卻憂愁。


「宴酣之樂，非絲非竹，射者中，弈者勝」

　　絲、竹：中國古代對樂器統稱八音，按製作樂器的材料分類為 —— 金、石、土、革、絲、木、匏（葫蘆）、竹八類。其中「絲」類有琴、瑟等，「竹」類有蕭、管等。

　　射：古代在宴飲時候的一種投壺遊戲，參與遊戲的賓客依次序投箭到壺內，投中的按規定的杯數喝酒。

　　弈：下棋。

# 5 歐陽修詞兩首

# 生查子

生查子是一首相思詞，寫去年與情人相會的甜蜜與今日不見情人的痛苦，將過去與現在，歡樂與悲傷加以對比，寫出物是人非的感慨。

這首詞寫得簡潔明快，情意哀婉。上片描繪去年元夜時，到處都是花燈，將黑夜映照得如同白晝一樣。其場面之熱鬧，氣氛之濃烈，都在「花市燈如晝」五個字中體現出來。下片寫今年元夜時，燈月依舊，却不見去年人！

歐陽修是北宋著名文學家。在文學創作發展上十分全面，無論是散文、辭賦、詩、詞等，都取得了很高的成就。而這首生查子，他寫得疏雋深婉，既有南唐餘風，又開宋調新聲，對後來的蘇軾和秦觀都有一定的影響。

生查子

去年元夜時，花市燈如畫。月上柳梢頭，人約黃昏後。

去年元宵之夜，花市上燈光燦爛如同白晝。

黃昏後，月兒悄悄爬到柳梢之上，那正是與情人相約的時候。

生查子

今年元夜時，月與燈依舊。不見去年人，淚濕春衫袖。

今年元宵之夜，月亮、燈光一切依舊。

可是卻見不到去年之人，相思淚，沾濕了春衫衣袖。

「今年元夜時，月與燈依舊。不見去年人，淚濕春衫袖。」

　　此句與唐代崔護《題都城南莊》：「去年今日此門中，人面桃花相映紅。人面不知何處去，桃花依舊笑春風。」相成一脈。而歐詞層次清晰，語句更直白，帶有民俗風情，寫出了物是人非的感慨，引人遐想形成此變化的種種因由，更自成特點。

# 蝶戀花

《蝶戀花》是歐陽修流傳後世的另一首著名詞作。此詞寫閨中少婦的傷春之情。古代女子，往往幽居在深深庭園中，年復一年讓青春漸漸平白流逝，心中滿是無限幽怨。

此詞起首三句，生動地寫出了深閨之深：不僅居住在深深庭院之中，而且有重重簾幕遮擋，甚至有茂密的楊柳遮罩。可見，這是一個完全與世隔絕的女子，首句連用三個「深」字，也是強調這一點。

下片語意雙關，既寫春天歸去，又寫青春消逝。末二句「淚眼問花花不語，亂紅飛過鞦韆去」是情景交融的典範，意蘊豐厚，語言渾成，層次曲折。

清人毛先舒說：「淚眼問花花不語，亂紅飛過鞦韆去。」此可謂層深而渾成。因花而有淚，此一層意也；因淚而問花，此一層意也。花竟不語，此一層意也；不但不語，且又亂落，飛過鞦韆，此一層意也。人愈傷心，花愈惱人，語愈淺而意愈入，又絕無刻畫費力之跡。（王又華《古今詞論》引）

著名詞學家王國維在其《人間詞話》中提出了「境界說」，其中「有我之境」的概念是「以我觀物，故物皆著我之色彩」，所舉的例子就有「淚眼問花花不語，亂紅飛過鞦韆去」二句。在王國維看來，這兩句寫主人公的青春在消逝，美麗的花朵也在飄落，對主人公的問題，落花就不能回答，也不忍回答，只能「飛過鞦韆」了。作者創造的「有我之境」，令人回味無窮。

蝶戀花

庭院深深深幾許？楊柳堆煙，簾幕無重數。玉勒雕鞍遊冶處，樓高不見章臺路。

庭院深深，不知有多深？

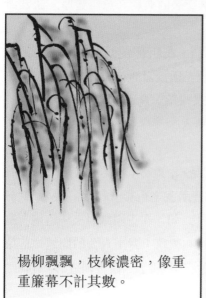

楊柳飄飄，枝條濃密，像重重簾幕不計其數。

豪華車馬聚在那處玩樂，我雖然登上高樓，也看不見章台路。

雨橫風狂三月暮，門掩黃昏，無計留春住。淚眼問花花不語，亂紅飛過鞦韆去。

風橫雨狂，三月暮春，門掩黃昏，卻無法把春光留住。

淚眼問花，
落花無語。

落花亂飛，飛過鞦韆去。

「章台」

　　本是漢代長安的一條街名，因唐代許堯佐寫《章台柳傳》記述妓女柳氏的故事，此後後人用作歌館妓樓之稱。

# 6
# 六國論

蘇洵

　　蘇洵和他的二位公子蘇軾、蘇轍合稱「三蘇」，而三蘇皆有著作《六國論》。

　　這篇是蘇洵所著。

　　蘇洵年二十七發憤讀書。雖然屢試不第，但兩子高中，三人文名震動京師，正要大顯身手之際，突然傳來蘇洵夫人病逝噩耗，遂回鄉奔喪。

　　蘇洵長於散文，尤擅政論，年四十六作《權書》十篇，此是其中一篇。

　　蘇洵在文首即點出全篇要旨：「弊在賂秦」。

　　香港是粵語方言之地，看見「弊在」二字，不解自明，而書面語粵語是很有古意的，須翻譯成「糟糕的是」或「癥結在於」等等才明白。

　　賂秦而亡，就如惡性循環，秦不戰而得到土地，實力愈強則愈容易對其他不願臣服者用兵；而武力攻掠諸侯之後，又反過來震懾不願用兵者割地賂秦。

　　蘇洵引用戰國時的魏國謀臣蘇代之言作根據：「古人云：『以地事秦，猶抱薪救火，薪不盡，火不滅。』」

　　蘇洵反覆鋪陳了「賂秦」之弊，但六國也有積極抗秦的燕趙，於是補上一筆，批評燕太子丹「刺秦」之計乃下策，加速其滅亡，而趙國卻聽信讒言，把良將李牧誅殺，使大好趙國都城邯鄲，變了秦國的一個郡。

　　之後蘇洵更假設，若六國不犯以上錯誤，與秦相較未必會輸也，呼應上文賂秦而來，開下文抗秦之論為全文之轉折。

　　戰國時代與蘇洵身處的北宋年間，相隔千多年，拿逝去的歷史來高談闊論，其意顯然在借古諷今，警惕當朝君主勿重蹈六國覆轍。

　　宋朝對強鄰不斷求和，雖未割地，但勇於賠款（到了南宋，則地也割了去），蘇洵看在眼裏，遂有《六國論》的結尾幾句：「苟以天下之大（宋），而從六國破亡之故事，是又在六國下矣！」畫龍點睛，全文要旨盡在此數句。

六國破滅，非兵不
利，戰不善，弊在賂
秦。

六國破滅，並非兵器不鋒利，仗打得不好。

弊在賄賂秦國。

老師！用錢去賄賂嗎？

比用錢更糟！

哈哈～

和求地割

賂秦而力虧，破滅之道也。或曰：「六國互喪，率賂秦耶？」曰：「不賂者以賂者喪。」蓋失強援，不能獨完，故曰：「弊在賂秦」也。

賂秦（割地）而使實力削弱，走上滅亡之路。

六國一個一個地滅亡，全因賂秦嗎？

不賂秦的也因賂秦者而滅亡。

因為失去了強援，不能獨立自保。所以說，「弊在賂秦」也。

秦以攻取之外，小則獲邑，大則得城，較秦之所得與戰勝而得者，其實百倍；諸侯之所亡與戰敗而亡者，其實亦百倍。則秦之所大欲，諸侯之所大患，固不在戰矣。

秦國除了攻城掠地之外，（諸侯自動奉獻的）小則獲邑，大則得城。

不費一兵一卒呢！

所得到的土地比征戰所得者，相差百倍；諸侯因賂秦失去的土地，與戰敗失去的相比，其實亦相差百倍。

秦國的野心與諸侯的滅亡……

根本不在於戰事上的勝負！

思厥先祖父，暴霜露，斬荊棘，以有尺寸之地。子孫視之不甚惜，舉以予人，如棄草芥。今日割五城，明日割十城，然後得一夕安寢；起視四境，而秦兵又至矣。

想他們（六國諸侯）的先祖父輩，暴霜露，斬荊棘，才得到一點點土地。

子孫毫不珍惜，全部送人，如拋一根小草。

今日割五城，明日割十城，然後換得一夕安寢。

那知起牀一看，而秦兵又至矣。

然則諸侯之地有限，暴秦之欲無厭，奉之彌繁，侵之愈急，故不戰而強弱勝負已判矣。至於顛覆，理固宜然。古人云：「以地事秦，猶抱薪救火，薪不盡，火不滅。」此言得之。

然則諸侯之地有限，暴秦之慾無厭。

割地給他愈多，他掠奪土地就愈急迫。

所以不須作戰而強弱勝負已分。最終亡國，那是理所當然的了。

割讓

割讓

古人云：

割地向秦國求和，猶如抱薪救火⋯⋯

薪不盡，火不滅。

此言極正確！

齊人未嘗賂秦，終繼五國遷滅，何哉？與嬴而不助五國也。五國既喪，齊亦不免矣。燕趙之君，始有遠略，能守其土，義不賂秦。是故燕雖小國而後亡，斯用兵之效也。

齊國沒有對秦國割地求和，但也隨五國而滅亡，何故？

皆因寧願跟秦國交好而不肯幫助其他五國。

五國既亡，齊國也就不能倖免了！

燕、趙兩國之君，起初時有遠見，守住國土沒有賂秦。

故此燕國雖小，卻是六國中較後亡國者。這就是用兵抗秦的效果！

至丹以荊卿為計，始速禍焉。趙嘗五戰于秦，二敗而三勝；後秦擊趙者再，李牧連卻之；洎牧以讒誅，邯鄲為郡，

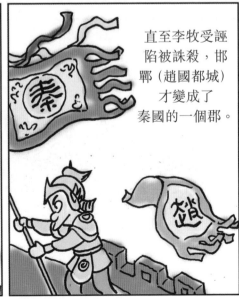

47

惜其用武而不終也。
且燕趙處秦革滅殆盡
之際，可謂智力孤
危，戰敗而亡，誠
不得已。向使三國各
愛其地，齊人勿附於
秦，刺客不行，良將
猶在，則勝負之數，
存亡之理，當與秦相
較，或未易量。

可惜趙國武力
抗秦未能堅持
到底……

而且燕、趙兩國抗秦時，正處於其
他諸侯已被消滅之際，可謂智謀與
力量都很單薄，戰敗而亡，確是不
得已的事。

假若韓、魏、楚三國愛護國土，
齊國不做秦國附庸，燕國不派刺
客，趙國的良將李牧還活着……

那麼勝負之數，存亡之理，跟秦國
相比，還不容易判定呢！

嗚呼！以賂秦之地，封天下之謀臣；以事秦之心，禮天下之奇才；并力西嚮，則吾恐秦人食之不得下嚥也。

嗚呼！如果以賂秦之地，封天下之謀臣；

以侍奉秦國的心，來禮遇天下之奇才；合力對付秦國……

這麼，我恐怕秦國人連吃飯都嚥不下了！

悲夫！有如此之勢，而為秦人積威之所劫，日削月割，以趨於亡！為國者無使為積威之所劫哉！

夫六國與秦皆諸侯，其勢弱於秦，而猶有可以不賂而勝之之勢；苟以天下之大，下而從六國破亡之故事，是又在六國下矣！

真可悲啊！有這樣好的形勢，卻懾於秦國積威，日割一地，月割一城，以至滅亡。

治理國家的人不要被積威所脅迫啊！

六國和秦國同屬諸侯，雖然比秦國弱，然而還有可以不賂秦而戰勝的形勢。

假如有這麼大的國家，卻重蹈六國滅亡的覆轍……

就連六國也比不上了！

「以賂秦之地，封天下之謀臣；以事秦之心，禮天下之奇才；并力西嚮，則吾恐秦人食之不得下嚥也。」

　　禮：名詞作動詞，禮賢下士。嚮：通「向」，面對、對向。

　　蘇洵《六國論》是一篇綱舉目張、條理井然的論説文，前借古諷今提出正反兩面申論，後此「以賂秦之地」一句，對偶領起全段，以地為實、心為虛，一虛一實總結上述賂秦種種，引證作者提出重謀臣、禮奇才可抗秦的建議（設論）。此篇文武之道、篇章佈局、構思立義實屬經典，值得各位有興趣的讀者繼續再細細品味。

# 7
# 愛蓮說

周敦頤

周敦頤（公元 1017-1073 年）字茂叔，號濂溪，宋營道樓田堡（今湖南道縣）人，北宋著名哲學家，是學術界公認的理學派開山鼻祖。

周敦頤性情樸實，作詩云：「芋蔬可卒歲，絹布是衣食，飽暖大富貴，康寧無價金，吾樂蓋易足，廉名朝暮箴」。

《愛蓮說》以花寓意，用蓮花這「花之君子」寄寓他不慕名利、潔身自好的高尚情操。以蓮自況外，亦借菊花喻隱士，表達對不同流合污的隱逸品格的推崇；借牡丹喻富貴，表達重德輕財的處世態度。「借物喻人，託物寄情」是中國文學、繪畫、雕塑、舞蹈等藝術媒介常用的手法，本文就是其中一個典型的例子。

水陸草木之花，可愛者甚蕃；晉陶淵明獨愛菊。自李唐來，世人甚愛牡丹。予獨愛蓮之出淤泥而不染，

水上陸上各色草木之花，可愛的甚多。晉朝陶淵明唯獨喜愛菊花；

自李氏的唐朝以來，世人甚愛牡丹；

我則獨愛蓮花。他生於污泥卻不染污穢。

53

濯清漣而不妖；中通外直，不蔓不枝；香遠益清，亭亭淨植，可遠觀而不可褻玩焉。

經清水的洗滌而不妖媚，莖中間是通的，外形是筆直的，不長枝蔓，不生枝節。

香氣遠播，更顯清芳，亭亭玉立在池上，只可以遠遠地觀賞而不可靠近去褻玩。

予謂：菊，花之隱逸者也；牡丹，花之富貴者也；蓮，花之君子者也。噫！菊之愛，陶後鮮有聞；蓮之愛，同予者何人？牡丹之愛，宜乎眾矣！

我認為：菊是花中之隱士；

牡丹，花中之富貴者；

蓮花，乃花中之君子。

噫，愛菊之人，在陶淵明之後已甚少聽到了。對於蓮花的喜愛，和我一樣的還有誰？而愛牡丹的人，當然為數甚眾了。

**「愛蓮説」**

　　「説」是古代論説文的一種體裁，也稱「雜説」，常通過敍事、寫人、詠物來用作解釋、解説所作者的某種見解。《愛蓮説》全文言簡意賅，短短一百一十九字，已含括記敍、描寫、議論、抒情等表達方式，運用了襯托、暗喻、借喻三種修辭手法，是一篇膾炙人口的傳世美文。

# 8
# 明妃曲 兩首

王安石

　　王安石（公元 1021-1086 年），北宋著名政治家、思想家、文學家。慶曆二年進士，神宗即位後，主持熙寧變法（又稱王安石變法），成效毀譽不一，也使他在政壇上數起數落，後退居江寧。

　　王安石的散文、詩歌成就極高，散文與韓愈、柳宗元、歐陽修、蘇軾等並列為「唐宋八大家」；詩歌方面，則是開一代風氣的詩壇宗匠，是文學史上「宋詩」派奠基者之一，有《臨川集》傳世。

　　《明妃曲（二首）》説的是昭君出塞，題材人所共知，創作容易流於濫調，此篇卻別開生面，除了對昭君遭遇深表同情外，還用隱喻手法表達人才常被埋沒的不滿。此詩第一首詩着重寫昭君之美態，以及這種美的感染力，並從中宣洩她內心悲苦之情。 第二首詩描寫王昭君入胡及其在異域生活的情況與心情，詩人認為王昭君之遠嫁匈奴，雖悲哀寂寞，但在胡地備受寵愛，與在漢宮的待遇大異其趣。此番議論是發前人所未發，也是借題發揮，抒發一己感慨。

　　最後「可憐青塚已蕪沒，尚有哀絃留至今」二句是筆鋒再一轉，語帶相關地表達，現實中人才被埋沒的悲劇不斷重演，人間也一直有所感。正如昭君墓陵今已被沙塵埋沒，但昭君琵琶哀絃的餘音，卻一直流傳。

明妃曲（其一）

（其一）
明妃初出漢宮時，
淚濕春風鬢腳垂。
低回顧影無顏色，
尚得君王不自持。
歸來卻怪丹青手，
入眼平生幾曾有？
意態由來畫不成，
當時枉殺毛延壽。

明妃剛離開漢宮，美麗的臉龐上，掛着珠淚，髮鬢低垂……

她徘徊不前，顧影自憐，傷心的臉色蒼白，即使如此，仍使君王不能抑制自己！

君王歸來責怪畫師無能！能入我眼的美人平生能有幾個？可是，嬌媚意態從來難以描繪，君王錯殺了毛延壽！

58

# 明妃曲（其一）

一去心知更不歸，
可憐著盡漢宮衣；
寄聲欲問塞南事，
祇有年年鴻雁飛。
家人萬里傳消息，
好在氈城莫相憶。
君不見咫尺長門閉阿
嬌，人生失意無南北。

此番一去，心知再也難歸
故國，帶去的漢宮
衣裳都已穿舊
了。唯有託年年
往南飛的大雁帶回
音訊去問問家鄉事。

家人從萬里外傳來
消息：好好待在匈
奴不要想家了！沒
看到阿嬌被禁閉在
君王咫尺之間的長
門宮麼？一個人的
失意無分南北，哪
裏都一樣。

59

## 「明妃曲」

明妃：即王昭君，原名王嬙，字昭君，晉人避司馬昭諱，改稱明君，後人又稱為明妃。曲：並非戲曲、散曲之曲，是七言古詩之一體。

## 「毛延壽」

《西京雜記》載毛延壽因王嬙不肯賄賂，於是將王嬙畫像點破，令其被打入冷宮。

明妃曲（其二）

（其二）
明妃初嫁與胡兒，
氈車百兩皆胡姬。
含情欲說獨無處，
傳與琵琶心自知。
黃金捍撥春風手，
彈看飛鴻勸胡酒。

明妃出塞時，隨後的百輛氈車都是胡
人女子。想找個說心事的人也無，唯
有寄託於琵琶聲裏……

妙手撥弄彈琵琶的黃金捍撥，目
送南飛鴻雁。侍者奉上胡酒勸飲。

明妃曲（其二）

漢宮侍女暗垂淚，
沙上行人卻回首。
漢恩自淺胡自深，
人生樂在相知心。
可憐青塚已蕪沒，
尚有哀絃留至今。

陪嫁的漢宮侍女默默垂淚，大漠上的返國行人頻頻回首。

漢人緣淺，胡人反而恩深，人生歡樂在於兩心相知。可憐昭君墳已湮沒在黃沙之中，可那哀怨的琴音依然餘音裊裊，環繞至今。

「明妃初嫁與胡兒，氊車百兩皆胡姬。」

　　氊車：以毛氊為篷的車子。百兩：百輛。胡姬：胡族女子。

　　此句寫昭君遠嫁，胡人以氊車百輛相迎，車上載滿北方女子，禮儀隆重；卻可惜言語不通，心中不捨無法訴說，孤苦之情只能借寄琵琶，形象地描繪出昭君的悲哀。

# 9

# 蘇軾詞賦五首

## 和子由澠池懷舊

蘇軾（公元 1036-1101 年），字子瞻，號東坡居士。嘉祐二年（公元 1057 年）進士。他的一生經歷了激烈的新舊黨爭，屢受排擠，先是經歷了烏台詩案，幾乎被殺，後來又迭遭貶謫，從惠州一直被貶到海南島。

宋仁宗嘉祐六年（公元 1061 年），蘇軾被任命為鳳翔府簽判，他的弟弟蘇轍送他上任，一直送到鄭州。返回京城開封後，就寫了一首《懷澠池寄子瞻兄》寄給蘇軾。蘇轍原詩的基調是懷舊，因為他曾被任命為澠池縣的主簿，後來和兄軾隨父同往京城應試，又經過這裏，有訪僧留題之事。所以在詩裏寫道：「曾為縣吏民知否？舊宿僧房壁共題。」他覺得，這些經歷真是充滿了偶然。如果説與澠池沒有緣份，為何總是與它發生關聯？如果説與澠池有緣份，為何又無法駐足時間稍長些？這就是蘇轍詩中的感慨。

但是，在蘇軾看來，人生雖有不可知性，並不意味人生是盲目的；過去的東西雖已消逝，但並不意味着它不曾存在。他認為不應放棄努力。若非經過一番艱難困苦，又怎能實現抱負（如考取進士）呢？這就是蘇軾既深究人生底蘊，又充滿樂觀向上的人生觀。

和子由澠池懷舊

人生到處知何似？
應似飛鴻踏雪泥。
泥上偶然留指爪，
鴻飛那復計東西。

人生在世漂泊不定，像甚麼呢？就像雁
兒飛過，偶然踏足積雪的泥地上。

在這雪泥上留下了爪印，接
着又不知往東往西去了，都
是沒經過計算的。

老僧已死成新塔，
壞壁無由見舊題。
往日崎嶇還記否？
路長人困蹇驢嘶。

老和尚已往生，當下的只有一座新的骨灰塔，我們也沒機會再去看看那題過字的牆壁了。

你還記得我們昔日走過的崎嶇旅程嗎？路又長，人又倦，那隻跛驢子又在嘶叫！

「往日崎嶇還記否？路長人困蹇驢嘶。」

蘇軾自註：「往歲，馬死於二陵（按即崤山，在澠池西），騎驢至澠池。」蹇驢即跛腳的驢。

# 水調歌頭　並序

　　本詞作於宋神宗熙寧九年 (公元 1076 年)，亦即丙辰年的中秋節。當時蘇軾在密州 (今山東諸城) 任太守。詞前的小序交代了寫作的過程：「丙辰中秋，歡飲達旦，大醉，作此篇，兼懷子由。」

　　蘇軾兄弟情誼甚篤，兩兄弟睽違不見六年，想念之情，自然更見深重。蘇軾原任杭州通判，因蘇轍在濟南掌書記，特地請求北徙，但到了密州，地理上的距離雖然縮短，但兄弟仍是無緣相會，面對中秋圓月，歡飲大醉後的落寞，自然興起懷人之思，寫望月懷人，同時感念人生的悲歡離合。

　　前三句「轉朱閣，低綺戶，照無眠」，看似寫月，實是寫月下徘徊良久而無眠的人。

　　「人有悲歡離合，月有陰晴圓缺，此事古難全」，正是自我解脫之詞，也撫慰了千古以來離人的心。

　　結尾兩句，「但願人長久，千里共嬋娟」，表現出詞人已將對弟弟的愛和祝福，提高到對人生、對所有人的愛和祝福。這種博大的精神境界，感人肺腑，扣人心弦。

水調歌頭　並序

丙辰中秋，歡飲達旦，大醉，作此篇，兼懷子由。

明月幾時有？把酒問青天。不知天上宮闕，今夕是何年。

丙辰年中秋佳節，歡快地喝酒直至到天明，大醉，作此篇兼思念弟弟子由。

明月是何時出現的？我舉杯問青天。

不知天上的宮闕，今夕是甚麼年代了？

水調歌頭　並序

我欲乘風歸去，又恐
瓊樓玉宇，高處不勝
寒。起舞弄清影，何
似在人間！
轉朱閣，低綺戶，照
無眠。

我想乘風歸去天上，卻又恐叨擾住在用美玉砌成的宮殿中的神仙，受不住高處的寒冷。對月起舞，撥弄月光下的人影，還是在人間的好。

月兒轉移到紅色的樓閣上，月光低低地射進裝飾精美的窗戶，照着無眠的人。

不應有恨，何事長向別時圓？人有悲歡離合，月有陰晴圓缺，此事古難全。但願人長久，千里共嬋娟。

月兒對人不應有恨，卻為何偏在人們離別時才圓呢？人有悲歡離合，月有陰晴圓缺，自古以來，就是難以十全十美。

但願我們都平安健康，雖千里遠隔，但能共同欣賞這美麗的月色。

## 「水調歌頭」

　　詞牌名，又名《元會曲》、《台城遊》、《江南好》等，雙調九十五字，上片九句四平韻、下片十句四平韻。相傳隋煬帝開汴河時曾製《水調》，唐朝時演為「大曲」。大曲有散序、中序、入破三部分。宋樂入「中呂調」，見《碧雞漫志》卷四，「凡大曲有『歌頭』，此殆裁截其首段為之。九十五字，前後片各四平韻。亦有前後片兩六言句夾叶仄韻者，有平仄互叶幾於句句用韻者。」。所以，「歌頭」也就是中序的第一章。

# 江城子

　　江城子是蘇軾悼念亡妻之作，傳誦千古，感人至深。

　　宋神熙寧八年（公元 1075 年），是年正月二十日，東坡夜夢已去世十年的妻子王弗，時年四十歲，他在妻子亡故的十年內，先是父親蘇洵死去，其後又因王安石變法，被捲入政治紛爭，人生路途上，正遇上風狂雨驟，官場變幻，加以失意朝廷，心境自一番悲涼。

　　詞上片「十年生死兩茫茫。不思量，自難忘」三句，單刀直入，直抒胸臆，給人感覺有千斤重，字字斷腸，也催人熱淚。「兩茫茫」之兩字，尤為精煉，寫出作者的亡妻的思念。

　　生死時空交錯，想起亡妻孤墳遠隔千里之外，一時更感無處話淒涼。最後點出「縱使相逢應不識」，宕開一筆，就顯現出十年間的人世多變，此時的蘇軾已是風塵滿面，兩鬢如霜。

　　詞下片記述夢境所見。由「夜來幽夢忽還鄉」，寫到自己夢中看到妻子正在舊家的軒窗旁邊，梳妝打扮，再點出「惟有淚千行」，這始終是夢境，相見却相顧無言。

　　全首詞用字淺白，落筆淡然，將現實與夢境交織在一起，具體寄託身世茫茫之歎，也婉轉寫出深摯的思念之情。

江城子

十年生死兩茫茫。不
思量，自難忘。千里
孤墳，無處話淒涼。

十年了，一生一死，陰
陽相隔，茫茫無路。

克制着不思念，但
卻是難以忘記。

千里外的孤墳，我如何與她訴說分別後
的淒涼。

74

縱使相逢應不識，塵滿面，鬢如霜。夜來幽夢忽還鄉。小軒窗，正梳妝。

縱使相逢，妳也認不出我來了，我如今灰塵滿面，鬢髮如霜。

昨夜在夢中，回到了家鄉。

小軒窗前，妳正在對鏡梳妝。

相顧無言，惟有淚千
行。料得年年腸斷
處：明月夜，短松岡。

相顧無言唯
有淚千行

年復一年使我傷心腸斷之處，便是想
起那千里孤墳寂對明月夜。

## 「江城子」

　　詞牌名，原文詞牌名下有作者小序一句「乙卯年正月二十日夜記夢」。由此可知，此詞在宋神宗熙寧八年乙卯（公元 1075 年）。當年蘇軾四十歲，時任密州知州，官場仕途不濟，心境悲涼。原配夫人王弗在治平二年（公元 1065 年）離世，十年間變化多端，詩人不禁感慨悵觸。

# 念奴嬌

「念奴嬌」是「詞牌」名，又稱「百字令」，全首詞剛好一百字。

蘇軾由浩瀚長江之東流逝水，緬懷往昔英雄豪傑，引發出對歷史與人生的沉思，更藉此抒發不遇之情。

《念奴嬌—赤壁懷古》是一首寫景寫人的懷古之詞。蘇軾因被貶黃州，閒來遊歷赤壁而作。此黃山赤壁其實並非當年三國大戰之赤壁，故蘇軾加上一句「人道是」──人家說的，借此「赤壁」來寫那赤壁。蘇軾貶到黃州，與柳宗元於永州，常被人拿來相提並論，因黃州、永州皆因詩人而揚名天下。

大江東去，浪淘盡、千古風流人物。故壘西邊，人道是、三國周郎赤壁。

大江東去，浪花滾滾，淘盡了過去的英雄人物。

那舊營壘的西邊，人說是三國時代周瑜在此作戰的赤壁。

念奴嬌

亂石穿空，驚濤拍岸，捲起千堆雪。江山如畫，一時多少豪傑！

參差的亂石矗立着指向天際……

巨浪拍打崖岸，捲起的浪濤像一堆一堆的雪花。

江山像一幅美麗的圖畫……

那個時代匯集了多少英雄豪傑啊！

念奴嬌

遙想公瑾當年，小喬
初嫁了，雄姿英發。
羽扇綸巾，談笑間、
檣櫓灰飛煙滅。

遙想周瑜當年，小喬剛嫁給他。

他正年輕有為，英姿勃發。頭戴綸巾，手持羽毛扇……

談笑用兵，轉眼間，敵方戰船就灰飛煙滅……

故國神遊，多情應笑我，早生華髮。人間如夢，一尊還酹江月。

神遊於三國戰場，該笑我也太多愁善感了，以致過早地生出白髮……

人生如夢，還是藉一樽酒灑祭那些風流人物吧！

「遙想公瑾當年，小喬初嫁了，雄姿英發。」

　　蘇軾詞風一向豪放不羈，《念奴嬌》就是其代表作之一，上片寫景雄壯，下片寫人詠懷，唯獨最後兩句才覺「如夢初醒」，反襯詩人懷才不遇的苦悶心境。此句意為，跨時空想到三國時期，吳國大都督周瑜先娶了國色天香的小喬為妻，後又領軍大敗曹軍於赤壁，名利雙收、風頭似火。而此句斷句需留意，若按詞律則為：「遙想公瑾當年，小喬初嫁，了雄姿英發」。此中「了」表示完全的意思，意指周瑜將瀟灑豪氣的形象完全展現出來了。

# 前赤壁賦

蘇軾文章有負盛名，有「韓潮蘇海」之譽，與古文大家韓愈齊名。他與父親蘇洵、弟蘇轍合稱「三蘇」，父子三人俱名列唐宋八大家之中。

宋神宗元豐二年（公元 1079 年），蘇軾因「烏台詩案」入獄，幾死，後得朝中重臣如王安石之弟王安禮等紛紛為他求情，而神宗亦愛其才，王安石亦謂：「豈有聖世而殺才士者乎？」終得出獄，翌年被貶黃州，元豐五年（公元 1082 年），即到黃州後的第三年秋天的七月十六日，作者寫下了這篇著名文章。

作者通過與朋友同遊赤鼻磯（並非三國時赤壁的所在地）時，表達「哀吾生之須臾，羨長江之無窮」之人生短暫的感觸，而有珍惜時間欣賞大自然所賦予美景的及時行樂心緒。宋朱弁《風月堂詩話》謂：「東坡文章至黃州以後，人莫能及，唯黃魯直詩時可以抗衡；晚年過海，則魯直亦瞠乎其後矣。」蘇詞成就亦極大，開創詞壇「豪放派」之風，改變了晚唐、五代以來綺靡的詞風。

清代著名古文家方苞評此賦時謂：「所見無絕殊者，而文境邈不可攀，良由身閒地曠，胸無雜物，觸處流露，斟酌飽滿，不知其所以然而然。豈惟他人不能摹效，即使子瞻更為之，亦不能調適而愜遂也。」其意是本文的見解沒有特別異於常人的地方，但文境高遠，難以企及，方苞認為這是江山之助，令蘇軾此賦自然境界高遠。事實上，除了江山之助外，此賦文境之高遠，實是藝術技巧上之巧妙結合和安排，成就此文難以追攀的高深。

壬戌之秋，七月既望，蘇子與客泛舟遊於赤壁之下。清風徐來，水波不興。舉酒屬客，誦明月之詩，歌窈窕之章。少焉，月出於東山之上，徘徊於斗牛之間。白露橫江，水光接天。

壬戌年秋天，七月十六日，蘇子與友人泛舟在赤壁下遊玩。清風輕輕拂來，水面波瀾不起。

我舉起酒杯向客人勸酒，吟誦明月之詩句，高歌窈窕之篇章。

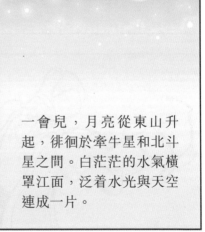

一會兒，月亮從東山升起，徘徊於牽牛星和北斗星之間。白茫茫的水氣橫罩江面，泛着水光與天空連成一片。

縱一葦之所如，凌萬頃之茫然。浩浩乎如憑虛御風，而不知其所止；飄飄乎如遺世獨立，羽化而登仙。

聽任如葦葉般的小舟漂蕩，越過茫茫的江面。船兒像凌空御風而行，不知道將飛往何處所止。

感覺身體飄飄然似要脫離塵世，羽化而成仙。

於是飲酒樂甚，扣舷而歌之。歌曰：「桂棹兮蘭槳，擊空明兮泝流光。渺渺兮予懷，望美人兮天一方。」客有吹洞簫者，倚歌而和之，其聲嗚嗚然，如怨如慕，如泣如訴。餘音嫋嫋，不絕如縷。舞幽壑之潛蛟，泣孤舟之嫠婦。

於是喝酒樂甚，敲着船舷唱起歌來。

歌詞曰：桂木造的棹啊蘭木造的槳，划破水中月，在點點波光中逆流而止。我情懷渺渺，所盼望的美人，在天一方。

客人中有位吹洞簫者，隨着歌聲伴奏，洞簫聲嗚嗚，如哀怨，如思慕，如哭泣，如傾訴⋯⋯餘音婉轉悠長，連綿不斷。能使深谷蛟龍為之起舞，能使孤舟寡婦為之哭泣。

前赤壁賦

蘇子愀然，正襟危坐，而問客曰：「何為其然也？」客曰：「『月明星稀，烏鵲南飛。』此非曹孟德之詩乎？西望夏口，東望武昌。山川相繆，鬱乎蒼蒼。此非孟德之困於周郎者乎？方其破荊州，下江陵，順流而東也，舳艫千里，旌旗蔽空，釃酒臨江，橫槊賦詩，固一世之雄也，而今安在哉？

蘇子神色也愁慘起來，正襟危坐問客人：為何如此悲涼呢？

客人答：「月明星稀，烏鵲南飛」這不是曹孟德之詩句麼？

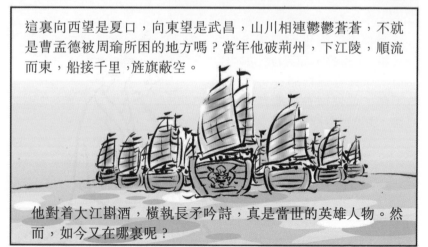

這裏向西望是夏口，向東望是武昌，山川相連鬱鬱蒼蒼，不就是曹孟德被周瑜所困的地方嗎？當年他破荊州，下江陵，順流而東，船接千里，旌旗蔽空。

他對着大江斟酒，橫執長矛吟詩，真是當世的英雄人物。然而，如今又在哪裏呢？

88

況吾與子漁樵於江渚之上，侶魚蝦而友麋鹿。駕一葉之扁舟，舉匏尊以相屬。寄蜉蝣於天地，眇滄海之一粟。哀吾生之須臾，羨長江之無窮。挾飛仙以遨遊，抱明月而長終。知不可乎驟得，託遺響於悲風。」

何況我與你，打漁砍柴於江上沙洲上，以魚蝦為伴，麋鹿為友。駕着這一葉扁舟，舉杯互相敬酒。

我們有如蜉蝣般的生命，寄託於天地，渺小得像大海中的一顆穀粒。哀歎吾人生命之短暫，羨慕長江流水之無窮無盡。

我們都想挽着飛仙遨遊，抱着明月永存世間。知道這些是不可能忽然得到的，唯有把簫聲寄託於悲傷的秋風之中。

蘇子曰：「客亦知夫水與月乎？逝者如斯，而未嘗往也。盈虛者如波，而卒莫消長也。蓋將自其變者而觀之，則天地曾不能以一瞬。自其不變者而觀之，則物與我皆無盡也，而又何羨乎？

蘇子說：您了解那江水和月亮嗎？江水不斷奔流，但總不會流盡。

月亮時圓時缺，但最終沒有增減。

要是從變化的一面去看，那麼天地萬物的一瞬間都在變；若以不變的觀點看，那麼萬物與我都是無窮無盡的，又有甚麼可羨慕的呢？

且夫天地之間，物各有主，苟非吾之所有，雖一毫而莫取。惟江上之清風，與山間之明月，耳得之而為聲，目遇之而成色。取之無禁，用之不竭。是造物者之無盡藏也，而吾與子之所共適。」

何況天地之間，萬物各有主宰，假如不是屬於我的，則一絲一毫也不要取用。

只有江上的清風，以及山間的明月，耳朵聽到的聲音，眼睛看到的顏色，取之無禁，用之不竭。

這是造物者無窮無盡之寶藏，我與你可以共同享用的！

客喜而笑，洗盞更酌，肴核既盡，杯盤狼藉，相與枕藉乎舟中，不知東方之既白。

客人高興地笑了，洗過酒杯重新斟酒。

菜餚果品都吃光了，杯盤狼藉，我們相互依靠着睡在舟中，不知不覺間東方的天色已發白。

## 「七月既望」

　　即七月十六日。

　　古代將農曆每月初一叫「朔」，最後一日叫「晦」，初三叫「朏」，大月十六、小月十五叫「望」，「望」的後一天叫「既望」。「朔」、「晦」因為是每月的初一和三十（小月二十九），特別重要，可以推算出其他日子。

# 10

# 鷓 鴣 天

*晏幾道*

　　晏幾道（公元 1038-1110 年），字叔原，號小山。北宋宰相晏殊幼子。後世論北宋詞人時，與其父合稱「二晏」。他出於名門，本應仕途通達，但他性格不肯趨炎附勢、是一位不通俗務的落魄貴公子。

　　晏幾道著有《小山詞》。其文學創作風格，類似五代十國「花間派」詞人，擅寫兒女艷情，離思別緒，綺情閨怨。亦有論者認為，晏詞具有「南唐詞派」融入人生深沉感慨的影子。

　　這首《鷓鴣天》是晏幾道詞作中最為人所稱道的名篇之一。詞中首先追憶當年在酒筵歌舞中歡醉的情景。接着描寫別後，有幾回與侍酒歌女在夢中相見。最後兩句，「今宵剩把銀釭照，猶恐相逢是夢中」，交代出現在是真正的相逢了！但心內忐忑，以為還是在夢中！於是要把紅燭對着佳人照了又照，總不敢相信是真的，猶恐仍是「魂夢與君同」。

彩袖殷勤捧玉鍾，當年拚卻醉顏紅。舞低楊柳樓心月，歌盡桃花扇影風。

彩袖紅妝殷勤勸酒，當年的我唯有拚卻一醉，喝得滿臉通紅……

縱情起舞，舞至月兒低掛樓頭挨着楊柳；
盡興唱歌，唱至無力再搧動桃花扇子。

鷓鴣天

從別後，憶相逢，幾
回魂夢與君同。今宵
剩把銀釭照，猶恐相
逢是夢中。

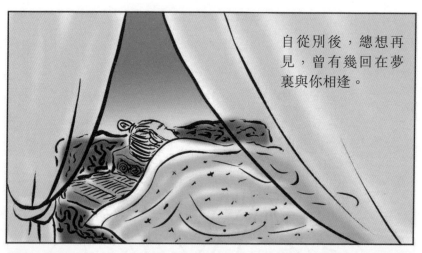

自從別後，總想再
見，曾有幾回在夢
裏與你相逢。

今宵挑燈把妳仔細看，還恐這次相逢又是在夢中！

「舞低楊柳樓心月，歌盡桃花扇影風。」

　　樓心：一作「樓頭」。扇影風：一作「扇底風」。

　　晏幾道的詞構思精巧，情感真摯，風格明麗婉曲，傳世名篇不多，此句為千古傳誦的名句。除了在手法上，巧用對仗，「楊柳」對「桃花」、「樓心月」對「扇影風」，一虛一實工整而巧妙。還運用了特殊的句法，有趣地將月亮擬人化，指原本高掛柳梢頭的月亮在通宵達旦的歌舞中被一點點催促低落；用揮扇帶來的清風比喻女伎歌聲，扇舞歌起，舞盡歌停，仿如臨境。

# 11

# 黃庭堅 詞 兩 首

## 登快閣

　　黃庭堅（公元 1045-1105 年），字魯直，號山谷道人，晚號涪翁。洪州分寧（今江西修水）人。治平四年（公元 1067）進士。他是「蘇門四學士」之一，政治命運大致與蘇軾相似，都是仕途崎嶇。他的詩風奇崛瘦硬，創「奪胎換骨」、「點鐵成金」之說，在詩歌創作上與蘇軾齊名，號稱「蘇黃」。他在詞的創作方面也有一定的成就，書法是宋代「蘇黃米蔡」四大家之一。

　　黃庭堅歷經官場的升沉起伏，非常嚮往怡然自得的隱逸生活。登上快閣，極目遠望，使得他的這種想法更加強烈，因而寫下這篇詩作。

　　首二句寫登閣之由，是公事之暇，晚晴宜人，乃登上快閣，四面眺覽，欣賞向晚的景色。

　　第三、四句登上快閣所見之景，寫得非常生動形象，將一派秋天景色刻畫出來，由於樹葉飄落，遠遠望去，天空寥廓，月亮出來後，與澄江相映，顯得更加明亮。

　　第五、六句是抒發登樓的感慨。先用伯牙和鍾子期的故事，慨歎人生知音難得。一個「橫」字，原很平常，但用在這裏，就顯得別出心裁，可見黃庭堅的煉字之功。

　　最後兩句總結上面數層意思。面對美麗壯闊的大自然，想到世路坎坷，缺少知音，於是感到不如歸去。

癡兒了卻公家事，
快閣東西倚晚晴。
落木千山天遠大，
澄江一道月分明。

我這呆子辦完了
公家事，登上了
快閣東走走西逛
逛，倚欄欣賞餘
輝晚晴。

遠望千山，樹葉落盡而顯得天空更加
遼闊；江水清澈，映出一彎新月倍覺
分明。

朱絃已為佳人絕，
青眼聊因美酒橫。
萬里歸船弄長笛，
此心吾與白鷗盟。

知音人不在，弄斷琴絃
不再彈奏，

只有看到美酒才會眼
前一亮，暫且忘憂。

何時方能坐上歸船，吹着長笛返回
萬里外的故鄉？在那裏白鷗為伴，
隱世逍遙。

「朱絃已為佳人絕，青眼聊因美酒橫。」

　　朱絃：用練絲（即熟絲）製作的琴絃。青眼：據《晉書・阮籍傳》，阮籍能為青白眼，看到禮俗之士，他白眼（白眼球）相對，表示輕蔑；看到符合自己心意的人，他青眼（黑眼球）以對，表示敬重。

　　這一句出自《呂氏春秋・本味》，伯牙善於彈琴，鍾子期總是能夠聽出其琴聲所表達的意思。後來鍾子期死了，伯牙就將琴摔碎，終生不再彈琴，因為他覺得在世上再也沒有知音了。

「萬里歸船弄長笛，此心吾與白鷗盟。」

　　白鷗盟：據《列子・黃帝》，海邊有一個人，很喜歡海鷗，每天都和海鷗在一起。有一天，他父親對他說：聽説你經常和海鷗在一起，下一次，抓一隻回家吧。第二天，當他到海邊時，海鷗就遠離他，因為海鷗感覺到他有了機心。這一句的意思是，從此與世隔絕，過着隱居生活，不會再有任何爭競之心，海鷗會和自己在一起。

# 寄黃幾復

這首詩是黃庭堅的名篇，當時就廣泛傳誦。

首二句寫他和好友幾復相距遙遠，只能靠通信傳達感情，但由於帶信的鴻雁飛不過衡陽「回雁峰」，所以兩人連通書信也不能。

接着的第三、四句「桃李春風一杯酒，江湖夜雨十年燈」是千古流傳的佳句。十年前的「桃李春風」與十年後的「江湖夜雨」，道盡人生漂泊、聚散無定。

最後，寫黃幾復如今已經滿頭白髮，卻仍然好學不倦。可惜這樣一個清廉、能幹的人，卻還困在一個小地方做知縣。末句用瘴煙四起，猿聲悲鳴的環境描寫來加以映襯，反映作者憐才之意和不平之鳴。

我居北海君南海，
寄雁傳書謝不能。
桃李春風一杯酒，
江湖夜雨十年燈。

我住在北海而你在南
海。欲託鴻雁傳
書，牠卻飛
不過「回雁
峰」。

當年春風得意，
桃李花下共飲美
酒，一別已是十
年。每對着孤燈
夜雨就想起你。

持家但有四立壁，
治病不祈三折肱。
想得讀書頭已白，
隔溪猿哭瘴溪藤。

你的生計窘迫堪稱家徒四壁，但你的才能，不須效那古人「三折肱」才成良醫者。

想你勤奮讀書，髮已蒼蒼。隔着溪水那邊，猿猴在瘴氣中攀藤哀號。

## 「三折肱」

《左傳》定公十三年：「三折肱，知為良醫。」意思是說，手臂多次折斷，就能懂得醫治之法而成良醫了。這一句是反用《左傳》，意思是說，黃幾復有才幹，不需要經歷多次挫折，就能取得很好的成績。

# 12
# 鵲橋仙

秦　觀

　　秦觀（公元 1049-1100 年），高郵（今屬江蘇）人。元豐八年（公元 1085 年）進士。先後任秘書省正字、國史院編修官等職。由於介入了新舊黨爭，仕途不順，屢遭貶謫。

　　秦觀是「蘇門四學士」之一，但詞風與蘇軾非常不同。他的詞輕柔婉約，富有情韻，被譽為婉約詞宗。《鵲橋仙》是根據牛郎織女的故事寫成（傳說七月七日為牽牛織女一年一度相聚之夜），描寫作者在七夕時仰望星空的所見所思，抒發了他對牛郎織女鵲橋相會的感想。

　　以牛郎織女雙星入詩，《詩經》中早經已有。從古詩《迢迢牽牛星》開始，詩人墨客都是感慨有情人聚少離多，為這一對恩愛夫妻而傷感。然而，秦觀這篇作品卻別出心裁，為這個古老題材增添了新的元素，他從感情品質着墨，好一句「金風玉露一相逢，便勝卻人間無數」！文末以「兩情若是久長時，又豈在朝朝暮暮」作結，既像是對牛郎織女的安慰，又像是揭示人生的普遍真諦。

纖雲弄巧，
飛星傳恨，
銀漢迢迢暗度。

雲朵翻飛，變化出巧
妙的花樣。

流星傳遞着相思
別離之恨，遙遠
的銀河牛郎織女
暗渡……

金風玉露一相逢，
便勝卻人間無數。

在秋風白露的一次相逢，就勝過人世間的無數相聚。

柔情似水，
佳期如夢，
忍顧鵲橋歸路！
兩情若是久長時，
又豈在朝朝暮暮！

柔情似水，
佳期如夢，
分別之時不
忍回顧那鵲
橋歸路。

兩情若是久長時，
又豈在朝朝暮暮。

109

## 「金風玉露」

　　古人試圖用日常生活中習見的金、木、水、火、土五行物質來説明萬物的起源和多樣性的統一，對應為：秋、春、冬、夏、長夏五季。所以，金風就是秋風，玉露即白露，金風玉露都是秋天的象徵。

# 13
# 蘇幕遮

周邦彥

　　周邦彥（公元 1056-1121 年），字美成，浙江錢塘（今浙江杭州市）人。少年疏懶不羈，後在太學讀書。元豐六年時二十八歲，獻《汴京賦》而受知於宋神宗。

　　周氏詩、文、書法兼擅，而以詞的成就最大。周詞取柳永之長而少市井氣，多寫男女之情和羈旅離愁，迴環往復，曲折變化，鋪敍詳贍，摹物寫態，長於勾勒，曲盡其妙。

　　周邦彥先後兩次卜居汴京，遠離江南家鄉，故寫下不少懷鄉的作品。本詞《蘇幕遮》是周邦彥夏日思歸之作，思鄉之情躍然紙上，風格清新自然，甚具神韻。

蘇幕遮

燎沉香，消溽暑。
鳥雀呼晴，侵曉窺簷
語。葉上初陽乾宿
雨，水面清圓，一一
風荷舉。

細焚沉香，消除暑氣。
鳥雀呼喚着晴天，拂曉
時我聽到牠們在屋簷上
鳥語。

朝陽曬乾了葉上的宿雨，水面上荷葉清圓，每一片都挺出水面。

故鄉遙，何日去？家住吳門，久作長安旅。五月漁郎相憶否？小檝輕舟，夢入芙蓉浦。

離鄉路遠，何日才歸？家在吳越一帶，卻客居長安久矣。

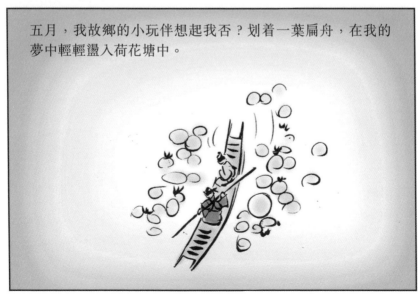

五月，我故鄉的小玩伴想起我否？划着一葉扁舟，在我的夢中輕輕盪入荷花塘中。

「葉上初陽乾宿雨，水面清圓，一一風荷舉。」

初陽：朝陽。宿雨：夜雨。

此句為詞人傳世名句，描寫雨後荷開之景，設色清新，「初陽」承接上文，體現清晨時間的轉移。「水面清圓」不直接寫荷葉，而用清澈的水面反襯，形容荷葉圓圓，十分生動。「一一風荷舉」雖一字未寫荷花的動態，卻精煉地描畫了水面上一棵棵挺立的荷花隨風搖曳的精緻畫像，可見詞人匠心獨運。王國維《人間詞話》極賞這三句云：「真能得荷花之神理者。」

# 14
# 聲聲慢

李清照

　　李清照，宋朝詞人。靖康之變後，經歷國破家亡，鴛鴦折翼等種種打擊。這首《聲聲慢》婉轉淒楚，讀來使人柔腸百結，為之唏噓歎息。

　　整首詞寫的是「愁」，起首三句連用七組疊字，正是前無古人後無來者。心中滿是淒苦更在深秋黃昏，乍暖還寒，晚來風急，怎能不觸景傷情？滿目是愁，回憶是愁。到最後以「怎一個愁字了得」收結，更是神來之筆。

聲聲慢

尋尋覓覓，冷冷清清，淒淒慘慘戚戚。乍暖還寒時候，最難將息。三杯兩盞淡酒，怎敵他晚來風急！雁過也，正傷心，卻是舊時相識。

一生尋尋覓覓，尋到的卻是冷冷清清。只落得淒淒慘慘戚戚。

乍暖還寒的時候，最是難以入眠。

三杯兩盞淡酒，不足以抵禦晚上的冷風寒意。

雁過之時，我正在傷心。 這是我在北方見過的舊相識啊！

滿地黃花堆積，憔悴損，如今有誰堪摘？守著窗兒，獨自怎生得黑！梧桐更兼細雨，到黃昏、點點滴滴。這次第，怎一箇愁字了得！

滿地黃花堆積，憔悴枯損，如今還有甚麼可堪採摘的呢？

守着窗兒，獨自一人孤單寂寞，幾時捱到天黑啊！

細雨灑在梧桐，到黃昏，點點滴滴。這光景，一個「愁」字怎道得盡呢？

117

**「尋尋覓覓，冷冷清清，悽悽慘慘戚戚。」**

　　此句連用疊字起首，受到歷代詞話評論家的讚賞。疊字音韻不僅包含了豐富的情感，更利用音調將情感由失落至悲痛的轉變由弱到強體現，是傳誦千古名句。

# 15
# 滿江紅

岳飛

岳飛（公元 1103-1142 年），字鵬舉，相州湯陰（今河南湯陰縣）人。宋朝抗金名將，十九歲參軍，數年後發生靖康之難，宋徽宗、欽宗二帝被俘。

宋高宗繼位後，岳飛建立「岳家軍」，成抗金勁旅，「朱仙鎮」一役大捷，惜宋高宗私心自用，十二道金牌召岳飛回朝，最後更被秦檜以謀反罪逮捕審訊，終以「莫須有」罪名賜死於杭州大理寺風波亭。

岳飛文武雙全，唯文章傳世不多，《滿江紅》是其最著名的一首詞。但是，岳飛之孫岳珂為爺爺所編《金佗粹編·家集》中並無收錄《滿江紅》，故此被一些學者疑為偽作或託名之作，引發正反辯證，迄今並無定論。

撇開真偽之爭，這首《滿江紅》氣勢磅礡，慷慨激昂，音調激越，感情飽滿，實乃不可多得之作。

滿江紅

怒髮衝冠，憑闌處、瀟瀟雨歇。抬望眼、仰天長嘯，壯懷激烈。三十功名塵與土，八千里路雲和月。

我滿腔憤怒，頭髮仿佛衝冠而起。憑欄遠眺，驟雨剛歇。

仰天長嘯，吐出我悲壯胸懷。

三十年的功名，只如塵土般微不足道，而那段歲月，沒日沒夜的奔波了八千多里！

莫等閒、白了少年
頭，空悲切。
靖康恥，猶未雪；臣
子恨，何時滅！

滿江紅

不要虛度光陰，轉眼
白髮生時才後悔啊！

靖康年間，
金人擄去徽
宗、欽宗二
帝，這恥辱
仍未洗雪，
我們為臣子
的悲恨，到
何時才能止
息呢？

駕長車、踏破賀蘭山缺。壯志飢餐胡虜肉，笑談渴飲匈奴血。待從頭、收拾舊山河，朝天闕。

真望有日駕起戰車，突破賀蘭山缺。壯志飢餐胡虜肉，笑談渴飲匈奴血！

從頭收拾舊日的大好山河，班師回京朝天闕。

「滿江紅」

　　滿江紅是詞牌名，九十三字，上片四仄韻，下片五仄韻。詞最初是伴曲而唱的，曲子都有一定的旋律、節奏。這些旋律、節奏的總和就是詞調。詞與調之間，或按詞制調，或依調填詞，曲調即稱為詞牌，其通常根據詞的內容而定。宋後，詞經過不斷的發展產生變化，主要是根據曲調來填詞，詞牌與詞的內容並不相關。

# 16
# 釵頭鳳

陸　游

陸游（公元 1125-1209 年），字務觀，號放翁。山陰（今浙江紹興）人。

他創作甚豐，能詩能詞，風格上豪放與婉約兼具。

據宋末周密《齊東野語》記載，陸游與表妹唐婉伉儷情深，但陸游的母親卻認為這個媳婦使兒子無心向學，遂要求陸遊休了她。陸游母命難違，但心中非常傷痛。紹興二十五年（公元 1155 年）春，陸游到沈園遊玩之際巧遇唐婉，他感慨萬千，愁絮難遣，於是寫下這首《釵頭鳳》，並題在沈園的壁上，表達彼此相愛至深，而被迫生離的悲慟。

釵頭鳳

紅酥手，黃縢酒，滿城春色宮牆柳。東風惡，歡情薄。一懷愁緒，幾年離索。錯，錯，錯！

妳紅潤嬌美的玉手捧着黃縢美酒。滿城春色但妳有如鎖在宮牆內的綠柳。

東風吹走了我們的歡情，我一懷愁緒度過了那幾年的離散。錯！錯！錯！

釵頭鳳

春如舊，人空瘦，淚
痕紅浥鮫綃透。桃花
落，閒池閣。山盟雖
在，錦書難託。莫，
莫，莫！

依舊是春天，但人已相思得消瘦，
淚水把手帕都染濕了。

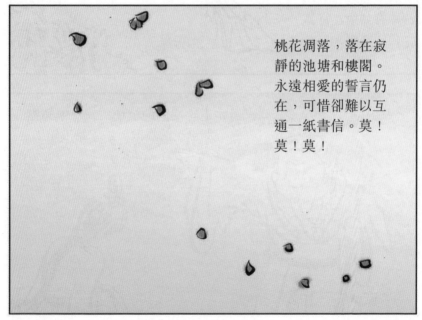

桃花凋落，落在寂
靜的池塘和樓閣。
永遠相愛的誓言仍
在，可惜卻難以互
通一紙書信。莫！
莫！莫！

「東風惡，歡情薄。一懷愁緒，幾年離索。錯，錯，錯！」

　　「惡」字隱約點出悲劇的因由與母親有關聯，卻又無法解說，只能含糊其辭。三個「錯」，到底是誰的錯？還是命運相錯？

　　於是同樣地，作者也使用三個「莫」結尾，是勸說自己還是他人？是悔恨當年還是惆悵今日？

　　作者給讀者留下了無限的想像空間。

# 17
# 辛棄疾 詞 兩 首

## 青玉案

辛棄疾（公元 1140-1207 年），字幼安，號稼軒，歷城（今山東濟南）人。南宋豪放派詞人，人稱「詞中之龍」。

然而這首《青玉案·元夕》則其詞婉約，跟他「金戈鐵馬，氣吞萬里如虎」的豪放風格完全不同。

但作為一個詞人，有時難免觸景生情，傷心人別有懷抱。

這首詞上半闋描寫元宵夜，幾句已勾勒出熱鬧、歡樂的盛大場面和氣氛。

須一提的是「玉壺光轉」的玉壺，有說是形容月亮，有說是花燈，甚至有說是在地面轉動的煙花。但之前已有「星如雨」描寫煙花，故此筆者較傾向「花燈」之說。

古往今來，寫元宵佳節的詞不計其數，但辛棄疾這首寥寥數十字，寫景、寫人、寫情，虛實交替，有聲有色，令人目不暇給，所營造的喧鬧繁華，到最後只為了襯托「燈火闌珊處」的孤寂，確是千古絕唱，堪稱第一。

東風夜放花千樹，更吹落、星如雨。寶馬雕車香滿路。

東風吹來，元宵花燈如千樹花開。

煙火灑落如流星雨，華麗馬車過處滿路飄香。

鳳簫聲動，玉壺光轉，一夜魚龍舞。

鳳簫聲動，
玉壺光轉。

一夜魚龍舞。

130

蛾兒雪柳黃金縷，笑
語盈盈暗香去。眾裏
尋他千百度；

女孩們都戴上
蛾兒、雪柳、
黃金縷等首
飾，笑語盈盈
的結伴賞燈。

眾裏

尋她

千百度

青玉案

蓦然回首

那人卻在燈火闌珊處。

「眾裏尋他千百度；驀然迴首，那人卻在、燈火闌珊處。」

　　驀然：突然，忽然。闌珊：將盡。

　　詞末此四句意境深沉，耐人尋味。全詞上片寫元宵夜景熱鬧非凡，「笑語盈盈暗香去」一句原以為已作結尾，忽然此四句如神來之筆，為詞曲賦上幻化的色彩。從四周尋人不見，到回頭發現，「那人」在繁華世俗的盡頭，層層曲折將讀者帶入遐想的空間，體驗詞曲的美感，讓人百讀不厭，不難理解亦因此影響了後人對這首詞有不同的解讀。

# 破陣子

　　辛棄疾雖出生在已淪陷於女真的北方，但少時已立志要驅逐外敵，恢復中原。紹興三十一年（公元 1161 年），金兵大舉南侵，辛棄疾召集二千民兵抗金，年紀輕輕已名重一時。翌年殺賊有功得到宋高宗召見，委任為江陰簽判。

　　辛棄疾曾上書《美芹十論》、《九議》等抗金北伐奏議，惜壯志難酬，更遭彈劾免職，唯有寄情山水田園與詞作。

　　這首《破陣子》，辛棄疾以夢回邊塞戰鬥生活的片段：吹角連營，沙場點兵，橫戈躍馬，弓如霹靂……寄託了重返沙場建功立業的願望。可惜征夫白髮，壯志難酬，只能以一句「可憐白髮生」作結。

醉裏挑燈看劍，
夢回吹角連營。

醉裏挑燈，仔細看
久未出鞘的寶劍。

夢中回到了
軍營，營中
的號角聲此
起彼落。

135

破陣子

八百里分麾下炙，
五十絃翻塞外聲，沙
場秋點兵。

烤牛肉分給了部下，催人戰鬥的軍中絃樂奏出了塞外的新聲，

秋天來時，即開始戰場點兵、麾軍北上。

破陣子

馬作的盧飛快，弓如霹靂弦驚。了卻君王天下事，贏得生前身後名——可憐白髮生！

駿馬跑的飛快，弓箭聲如霹靂驚雷！

一心替君王收復北方失地，贏得世代相傳的美名——可憐白髮已生。

「了卻君王天下事，贏得生前身後名 —— 可憐白髮生！」

　　這篇詞用短短的篇幅，熱情澎湃地描述了詩人的一場醉夢，概括了畢生中最重要的一段經歷和鬥志昂然的人生理想。結尾的這一句，將全詩激昂的情緒剎那收回，將美好的幻想退回無情的現實。「可憐白髮生」側寫了歲月的蹉跎，鮮明的對比揭示了辛棄疾重返沙場建功立業的願望已成泡影，與前文相互呼應。

# 18

# 揚州慢

姜　夔

姜夔（約公元 1155-1221 年），字堯章，號白石道人。鄱陽（今江西波陽）人。

姜夔一生未入仕途，唯才學聞名於世，詩、書、畫、樂樣樣皆能，很受士大夫賞識。其因精通音律，故能創製新曲（自度曲）以填詞。姜夔詞風清空、峻拔，用字講究，長於渲染氣氛，善於長調。是南宋中晚期具代表性詞人。

《揚州慢》詞牌是姜夔首創的「自度曲」，《姜夔詞集》中的第一首詞。

《揚州慢》寫出金兵蹂躪後的揚州的淒涼景象，姜夔在宋孝宗淳熙三年路經揚州，時年二十多歲。揚州城位於淮水之南，是史上著名的繁華之地，自十六年前金兵入侵，遭戰火蹂躪之後，他看到的仍是滿目瘡痍，景物蕭條，冷月無聲，感傷之至，不忍卒睹。《揚州慢》是白石詞中名篇，歷來所得評價甚高。

## 揚州慢

淮左名都，竹西佳處，解鞍少駐初程。過春風十里，盡薺麥青青。自胡馬窺江去後，廢池喬木，猶厭言兵。漸黃昏，清角吹寒，都在空城。

來到淮河左邊的名都揚州城，在竹雨亭一帶的幽美地方解鞍稍作停留。

以前春風十里的繁華地，如今變成滿目薺菜和野麥的一片青綠。

漸入黃昏，淒涼的畫角聲響起，陣陣涼意在這空城中迴盪。

杜郎俊賞，算而今、重到須驚。縱荳蔻詞工，青樓夢好，難賦深情。二十四橋仍在，波心蕩、冷月無聲。念橋邊紅藥，年年知為誰生。

揚州慢

當年杜牧對揚州激賞萬分，可到了如今若再重來，必定大喫一聲！即使他詞工卓越，懷有青樓美夢，也難賦深情了。

二十四橋仍在，橋下波心蕩漾，天邊冷月無聲，想那橋邊紅色芍藥，年年盛放究竟是為了誰呢？

「淳熙丙申至日，余過維揚。夜雪初霽，薺麥彌望。入其城，則四顧蕭條，寒水自碧，暮色漸起，戍角悲吟。予懷愴然，感慨今昔，因自度此曲。千巖老人以為有黍離之悲也。」

　　《揚州慢》是一首風物詞，描寫南宋金兵蹂躪揚州後，景物蕭條淒涼。上文為詞人文前小序：宋孝宗淳熙三年（公元 1176 年）冬至日，我經過揚州（今江蘇市名）。昨夜霜雪後轉晴，清晨滿眼薺菜和麥子。入城後環顧四周卻皆是蕭條景象，寒天碧水暮色漸起，似聽見傳來悲悽的軍號。我滿懷愴然，感慨今非昔比，於是譜詞作曲一首。千巖老人（蕭德藻，字東夫。晚年居湖州（今浙江市名），自號千巖老人，姜夔曾跟他學詩，是他姪女婿。）以《詩經‧黍離》為悲歌，此曲亦有悲歌之遺風。

## 19
# 正 氣 歌

文天祥

文天祥（公元 1236-1283 年），吉州廬陵（今江西吉安）人，字宋瑞／履善，號文山。宋末政治家、文學家，愛國詩人，抗元名臣，與陸秀夫、張世傑並稱為「宋末三傑」。寶祐四年狀元，任軍器監、兼權直學士院時，因草擬詔書諷刺權相賈似道而被罷官。

德祐元年（1275 年），元軍沿長江東下，文天祥傾盡家財，招勤王兵五萬人入衛臨安。翌年，官拜右丞相，奉派赴元軍議和，因面斥元丞相伯顏被拘留，押解北上途中脫險南逃，復組織義軍力圖恢復失地，不幸兵敗在廣東海豐北的五坡嶺再度被俘，時元將張弘範勸降，文天祥答以《過零丁洋》一詩以明志。被押至大都（今北京），元世祖忽必烈一再利誘而不屈，被囚三年其間寫下《正氣歌》，後在大都柴市從容就義，年四十八歲。

《正氣歌》以「正氣」為主題，而「歌」是古詩中「歌行體」的意思。詩人堅信支持自己的精神力量，就是天地間的浩然正氣，於是以詩歌作歌頌。全詩六十句三百字，列舉十二位歷史人物，簡練扼要地講述了他們的壯烈事跡。

胸中有浩然正氣之士，可以把生死置諸度外。天柱因之而尊，地也賴之而立，綱常得以維繫，人世的所有倫理道德，宇宙間各方面的關係之所以井然有序，皆以正氣作為根本，可見正氣之可貴。

天地有正氣，
雜然賦流形：
下則為河嶽，
上則為日星，
於人曰浩然，
沛乎塞蒼冥。
皇路當清夷，
含和吐明庭，
時窮節乃見，
一一垂丹青：

天地間有一股正氣，它賦予萬物之形體，下則成為河山，上則成為日星，於人間是浩然之氣，正氣充盈天地寰宇之間。

當國運清平時，朝廷和睦，名君坐朝廷；時局危急時，就會出現有氣節之士，而一一載於史冊之上。

144

在齊太史簡，
在晉董狐筆，
在秦張良椎，
在漢蘇武節；

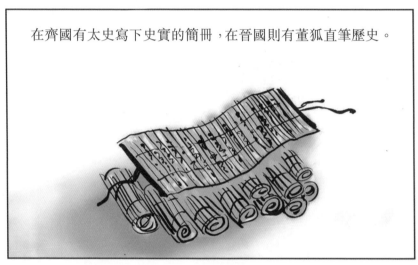

在齊國有太史寫下史實的簡冊，在晉國則有董狐直筆歷史。

在秦朝有張良狙擊始皇的鐵椎，在漢朝有蘇武出使匈奴不屈的符節。

正氣歌

為嚴將軍頭，
為嵇侍中血，
為張睢陽齒，
為顏常山舌；
或為遼東帽，
清操厲冰雪；
或為《出師表》，
鬼神泣壯烈，

有頭可斷志不搖的嚴將軍，有忠心護主血濺帝衣的嵇侍中，有誓師殺賊而破碎齒牙的張睢陽，有城破不屈，痛罵安祿山而遭割舌的顏常山。

還有是避局遼東喜戴「遼東帽」的管寧，他那高潔品格勝過冰雪；

是寫《出師表》的諸葛亮，他的壯烈鬼神同泣。

或為渡江楫，
慷慨吞羯；
或為擊賊笏，
逆豎頭破裂。

還有祖逖北伐渡江時，
以楫中流擊水，慷慨起
誓要吞滅匈奴！

還有段秀實持笏痛擊逆賊，
打得他頭破血流！

正氣歌

是氣所旁薄，
凜烈萬古存。
當其貫日月，
生死安足論。
地維賴以立，
天柱賴以尊。
三綱實係命，
道義為之根。
嗟予遘陽九，
隸也實不力。
楚囚纓其冠，
傳車送窮北。

這天地間之正氣磅礴無邊，
大義凜然而萬古長存。行正
氣之事與日月同光，生死在
這關頭根本不必討論。

大地靠正氣以立，天柱靠正氣以
支撐。三綱得以維繫，道義以此
為根本。

可歎我遭逢國難，卻無力回天，成了階下之囚，被送到極北
之地。

鼎鑊甘如飴，
求之不可得。
陰房闐鬼火，
春院閟天黑。
牛驥同一皁，
雞棲鳳凰食。
一朝濛霧露，
分作溝中瘠。

鼎鑊之刑我甘之若飴，為國捐軀求之不得。

牢房內鬼火陰陰，院落的門鎖緊閉，即使在春天仍無半點生氣，一片漆黑。如同牛馬共食一糟，如同鳳凰被迫在雞窩中討食。一旦染病，這裏就是我埋骨之處。

如此再寒暑，
百沴自辟易。
嗟哉沮洳場，
為我安樂國！
豈有他繆巧，
陰陽不能賊。
顧此耿耿在，
仰視浮雲白，

如此再過兩年，相信我
會百毒不侵了。哀哉！
這個爛地方，竟成了我
的安樂國。

這當中有何玄機，
寒暑之毒皆不能
傷我？因我忠心
耿耿，視富貴如
浮雲。

悠悠我心悲，
蒼天曷有極！
哲人日已遠，
典刑在夙昔，
風簷展書讀，
古道照顏色。

我心中無盡
的悲痛，蒼
天啊何時才
有終極？
先賢們雖已
逝去，但昔
日光輝已成
典範。

我在簷下展卷
讀書，古人的
風範如在眼前。

「在齊太史簡，在晉董狐筆，在秦張良椎，在漢蘇武節；為嚴將軍頭，為嵇侍中血，為張睢陽齒，為顏常山舌；」

《正氣歌》感情深沉厚重、語言沉着凝練，舉證史事多。以上上八句，以四字一句述一人事，精煉地列舉了史上十二人壯烈事跡：

「齊太史簡」：記載在《左傳》襄公二十五年，春秋時齊國大夫崔杼殺齊莊公，史官因為直書此事被崔杼所殺。

「晉董狐筆」：春秋時又有晉國晉靈公被殺，當時執政大夫趙盾逃亡在外但未出國境，聽訊返回，因為趙盾返回卻不討伐國賊，晉國太史董狐直接記載史冊「趙盾殺其君」，孔子讚美説：「董狐，古之良史也，書法不隱。」

「秦張良椎」：戰國末期韓國被秦國所滅，張良用家財招募門客為國報仇，得力士滄海君，以一百二十斤大鐵椎在博浪沙狙擊秦始皇，卻誤中副車，於是張良只能改名換姓到處逃亡。

「漢蘇武節」：漢武帝時，蘇武出使匈奴被扣押，遭囚禁置大地窖內斷絕糧食，蘇武嚼冰雪吞氈毛保命，後來被流放於北海（今西伯利亞貝加爾湖）牧羊，説要等到公羊懷孕才允許回漢。蘇武堅貞不屈十九年，等到符節上裝飾的牦牛尾毛都已脫落，飽嘗艱苦後終於歸漢。

「嚴將軍頭」：漢末巴郡太守嚴顏，在劉備入蜀時，戰敗被張飛所俘，寧願斷頭也不屈服於敵人。

「嵇侍中血」：《晉書・嵇紹傳》上記載，東晉惠帝時，侍中嵇紹跟從惠帝上戰場，後來軍敗士兵皆逃散。嵇紹犧牲身體蔽護惠帝，血沾惠帝衣。

「張睢陽齒」：《舊唐書・張巡傳》記載，唐代安史之亂時固守睢陽（今河

南商丘）的張巡「每與賊戰，大呼誓師，眦裂血流，齒牙皆碎」。

「顏常山舌」：《舊唐書》又記安史之亂時常山（今河北正定縣南）太守顏杲卿起兵討賊，可惜不敵被俘至洛陽，因痛罵安祿山遭酷刑鈎斷其舌。

# 20

# 虞美人　聽雨

蔣　捷

　　蔣捷，生卒年不詳。宋度宗咸淳十年（公元 1274 年）進士。宋亡後，隱遁其身。元大德年間，朝中有人推薦他為官，他堅持志節而不從。

　　南宋亡國後，蔣捷經歷了國破家亡的巨變，生活飄泊不定，《聽雨》彷彿是他一生經歷的真實寫照。這首詞將不同時期的聽雨畫面定格跳接，貫穿人生的少年、壯年和晚年，將人生三個階段的生活和心境貫串起來，從而表達出不同的感受。

　　讀這首詞，可以和辛棄疾的《醜奴兒令‧書博山道中壁》作比較。兩篇作品都是寫人生不同時期的感受。在這個意義上，也可以說蔣捷受到了辛棄疾的影響。從表現手法來看，辛詞袒露胸臆，直接抒情，蔣詞則借助形象畫面抒情。蔣捷的詞雖是蘇、辛一派，但寫得諧暢疏放，語言洗練，在宋代末年，可稱一家。

少年聽雨歌樓上，紅
燭昏羅帳。壯年聽雨
客舟中，江闊雲低，
斷雁叫西風。

少年時歌樓上聽雨，
紅燭高燒，羅帳輕
飄⋯⋯

壯年時在客舟中聽
雨，茫茫江面，烏雲
低垂，西風中的孤雁
在哀鳴。

# 虞美人　聽雨

而今聽雨僧廬下，鬢已星星也。悲歡離合總無情，一任階前點滴到天明。

而今聽雨在僧廬下，兩鬢已蒼蒼。人生經歷的悲歡離合，總是無情。任它去吧，像那階前滴水，點滴到天明。

156

「少年聽雨歌樓上，紅燭昏羅帳。壯年聽雨客舟中，江闊雲低，斷雁叫西風。」

斷雁：與羣雁走失的孤雁。 這首詞的亮點在詞人選取的不同視角：少年、壯年和晚年。此兩句為這首詞的上片，少年的無憂與壯年的孤獨飄零、顛沛流離，形成鮮明對比，加深了主人公孤苦身世的悲鳴形象色彩。下片「而今」起首寫盡人間滄桑，從個人的變化反映時代巨變。在這個意義上，這首詞的表現手法很出彩。

二十篇古文經典

### 虞美人　　　　　　　　　　　李煜

　　春花秋月何時了？往事知多少！小樓昨夜又東風，故國不堪回首月明中！　　雕闌玉砌應猶在，只是朱顏改。問君能有幾多愁？恰似一江春水向東流！

### 雨霖鈴　　　　　　　　　　　柳永

　　寒蟬淒切，對長亭晚，驟雨初歇。都門帳飲無緒，留戀處、蘭舟催發。執手相看淚眼，竟無語凝噎。念去去、千里煙波，暮靄沉沉楚天闊。

　　多情自古傷離別，更那堪、冷落清秋節。今宵酒醒何處？楊柳岸、曉風殘月。此去經年，應是良辰好景虛設。便縱有千種風情，更與何人說？

## 岳陽樓記　　　　　　范仲淹

　　慶曆四年春，滕子京謫守巴陵郡。越明年，政通人和，百廢具興。乃重修岳陽樓，增其舊制，刻唐賢、今人詩賦於其上；屬予作文以記之。

　　予觀夫巴陵勝狀，在洞庭一湖。銜遠山，吞長江，浩浩湯湯，橫無際涯；朝暉夕陰，氣象萬千。此則岳陽樓之大觀也，前人之述備矣。然則北通巫峽，南極瀟湘，遷客騷人，多會於此，覽物之情，得無異乎？

　　若夫霪雨霏霏，連月不開；陰風怒號，濁浪排空；日星隱耀，山岳潛形；商旅不行，檣傾楫摧；薄暮冥冥，虎嘯猿啼。登斯樓也，則有去國懷鄉，憂讒畏譏，滿目蕭然，感極而悲者矣。

　　至若春和景明，波瀾不驚，上下天光，一碧萬頃；沙鷗翔集，錦鱗游泳，岸芷汀蘭，郁郁青青。而或長煙一空，皓月千里，浮光躍金，靜影沉璧；漁歌互答，此樂何極！登斯樓也，則有心曠神怡，寵辱皆忘，把酒臨風，其喜洋洋者矣。

　　嗟夫！予嘗求古仁人之心，或異二者之為。何哉？不以物喜，不以己悲，居廟堂之高，則憂其民；處江湖之遠，則憂其君。是進亦憂，退亦憂，然則何時而樂耶？其必曰：「先天下之憂而憂，後天下之樂而樂」歟！噫！微斯人，吾誰與歸！

## 醉翁亭記　　　　　　　　歐陽修

　　環滁皆山也。其西南諸峯，林壑尤美；望之蔚然而深秀者，琅邪也。山行六七里，漸聞水聲潺潺，而瀉出於兩峯之間者，釀泉也。峯回路轉，有亭翼然臨于泉上者，醉翁亭也。作亭者誰？山之僧曰智僊也。名之者誰？太守自謂也。太守與客來飲於此，飲少輒醉，而年又最高，故自號曰醉翁也。醉翁之意不在酒，在乎山水之間也。山水之樂，得之心而寓之酒也。

　　若夫日出而林霏開，雲歸而巖穴暝，晦明變化者，山間之朝暮也。野芳發而幽香，佳木秀而繁陰，風霜高潔，水落而石出者，山間之四時也。朝而往，暮而歸，四時之景不同，而樂亦無窮也。

　　至于負者歌於塗，行者休于樹；前者呼，後者應；傴僂提攜，往來而不絕者，滁人遊也。臨谿而漁，谿深而魚肥；釀泉為酒，泉香而酒洌；山肴野蔌，雜然而前陳者，太守宴也。宴酣之樂，非絲非竹，射者中，弈者勝，觥籌交錯，起坐而諠譁者，眾賓懽也。蒼顏白髮，頹然乎其間者，太守醉也。

　　已而夕陽在山，人影散亂，太守歸而賓客從也。樹林陰翳，鳴聲上下，遊人去而禽鳥樂也。然而禽鳥知山林之樂，而不知人之樂；人知從太守遊而樂，而不知太守之樂其樂也。

　　醉能同其樂，醒能述以文者，太守也。太守謂誰？廬陵歐陽修也。

生查子　　　　　　　　　　歐陽修

去年元夜時，花市燈如晝。月上柳梢頭，人約黃昏後。
今年元夜時，月與燈依舊。不見去年人，淚濕春衫袖。

蝶戀花　　　　　　　　　　歐陽修

庭院深深深幾許？楊柳堆煙，簾幕無重數。玉勒雕鞍遊冶處，樓高不見章臺路。

雨橫風狂三月暮，門掩黃昏，無計留春住。淚眼問花花不語，亂紅飛過鞦韆去。

## 六國論　　　　　　　　　蘇洵

　　六國破滅，非兵不利，戰不善，弊在賂秦。賂秦而力虧，破滅之道也。或曰：「六國互喪，率賂秦耶？」曰：「不賂者以賂者喪。」蓋失強援，不能獨完，故曰，「弊在賂秦」也。

　　秦以攻取之外，小則獲邑，大則得城，較秦之所得與戰勝而得者，其實百倍；諸侯之所亡與戰敗而亡者，其實亦百倍。則秦之所大欲，諸侯之所大患，固不在戰矣。思厥先祖父，暴霜露，斬荊棘，以有尺寸之地。子孫視之不甚惜，舉以予人，如棄草芥。今日割五城，明日割十城，然後得一夕安寢；起視四境，而秦兵又至矣。然則諸侯之地有限，暴秦之欲無厭，奉之彌繁，侵之愈急，故不戰而強弱勝負已判矣。至於顛覆，理固宜然。古人云：「以地事秦，猶抱薪救火，薪不盡，火不滅。」此言得之。

　　齊人未嘗賂秦，終繼五國遷滅，何哉？與嬴而不助五國也。五國既喪，齊亦不免矣。燕趙之君，始有遠略，能守其土，義不賂秦。是故燕雖小國而後亡，斯用兵之效也。至丹以荊卿為計，始速禍焉。趙嘗五戰于秦，二敗而三勝；後秦擊趙者再，李牧連卻之；洎牧以讒誅，邯鄲為郡，惜其用武而不終也。且燕趙處秦革滅殆盡之際，可謂智力孤危，戰敗而亡，誠不得已。向使三國各愛其地，齊人勿附於秦，刺

客不行，良將猶在，則勝負之數，存亡之理，當與秦相較，或未易量。

嗚呼！以賂秦之地，封天下之謀臣；以事秦之心，禮天下之奇才；并力西嚮，則吾恐秦人食之不得下嚥也。悲夫！有如此之勢，而為秦人積威之所劫，日削月割，以趨於亡！為國者無使為積威之所劫哉！

夫六國與秦皆諸侯，其勢弱於秦，而猶有可以不賂而勝之之勢；苟以天下之大，下而從六國破亡之故事，是又在六國下矣！

### 愛蓮說　　　　　　周敦頤

水陸草木之花，可愛者甚蕃；晉陶淵明獨愛菊。自李唐來，世人甚愛牡丹。予獨愛蓮之出淤泥而不染，濯清漣而不妖；中通外直，不蔓不枝；香遠益清，亭亭淨植，可遠觀而不可褻玩焉。

予謂：菊，花之隱逸者也；牡丹，花之富貴者也；蓮，花之君子者也。噫！菊之愛，陶後鮮有聞；蓮之愛，同予者何人？牡丹之愛，宜乎眾矣！

## 明妃曲（其一）　　　　　王安石

明妃初出漢宮時，淚濕春風鬢腳垂。
低徊顧影無顏色，尚得君王不自持。
歸來卻怪丹青手，入眼平生幾曾有？
意態由來畫不成，當時枉殺毛延壽。
一去心知更不歸，可憐著盡漢宮衣；
寄聲欲問塞南事，祇有年年鴻雁飛。
家人萬里傳消息，好在氈城莫相憶。
君不見咫尺長門閉阿嬌，人生失意無南北。

## 明妃曲（其二）　　　　　王安石

明妃初嫁與胡兒，氈車百兩皆胡姬。
含情欲說獨無處，傳與琵琶心自知。
黃金捍撥春風手，彈看飛鴻勸胡酒。
漢宮侍女暗垂淚，沙上行人卻回首。
漢恩自淺胡自深，人生樂在相知心。
可憐青塚已蕪沒，尚有哀絃留至今。

## 和子由澠池懷舊　　　　　　　　蘇軾

人生到處知何似？應似飛鴻踏雪泥。
泥上偶然留指爪，鴻飛那復計東西。
老僧已死成新塔，壞壁無由見舊題。
往日崎嶇還記否？路長人困蹇驢嘶。

## 水調歌頭　並序　　　　　　　　　蘇軾

丙辰中秋，歡飲達旦，大醉，作此篇，兼懷子由。

　　明月幾時有？把酒問青天。不知天上宮闕，今夕是何年。我欲乘風歸去，又恐瓊樓玉宇，高處不勝寒。起舞弄清影，何似在人間！

　　轉朱閣，低綺戶，照無眠。不應有恨，何事長向別時圓？人有悲歡離合，月有陰晴圓缺，此事古難全。但願人長久，千里共嬋娟。

## 江城子 蘇軾

乙卯正月二十日夜記夢

十年生死兩茫茫。不思量,自難忘。千里孤墳,無處話淒涼。縱使相逢應不識,塵滿面,鬢如霜。

夜來幽夢忽還鄉。小軒窗,正梳妝。相顧無言,惟有淚千行。料得年年腸斷處:明月夜,短松岡。

## 念奴嬌 蘇軾

大江東去,浪淘盡、千古風流人物。故壘西邊,人道是、三國周郎赤壁。亂石穿空,驚濤拍岸,捲起千堆雪。江山如畫,一時多少豪傑!

遙想公瑾當年,小喬初嫁了,雄姿英發。羽扇綸巾,談笑間、檣櫓灰飛煙滅。故國神遊,多情應笑我,早生華髮。人間如夢,一尊還酹江月。

## 前赤壁賦 蘇軾

壬戌之秋,七月既望,蘇子與客泛舟遊於赤壁之下。清風徐來,水波不興。舉酒屬客,誦明月之詩,歌窈窕之章。少焉,月出於東山

之上，徘徊於斗牛之間。白露橫江，水光接天。縱一葦之所如，凌萬頃之茫然。浩浩乎如憑虛御風，而不知其所止；飄飄乎如遺世獨立，羽化而登仙。

　　於是飲酒樂甚，扣舷而歌之。歌曰：「桂棹兮蘭槳，擊空明兮泝流光。渺渺兮予懷，望美人兮天一方。」客有吹洞簫者，倚歌而和之，其聲嗚嗚然，如怨如慕，如泣如訴。餘音嫋嫋，不絕如縷。舞幽壑之潛蛟，泣孤舟之嫠婦。

　　蘇子愀然，正襟危坐，而問客曰：「何為其然也？」客曰：「『月明星稀，烏鵲南飛。』此非曹孟德之詩乎？西望夏口，東望武昌。山川相繆，鬱乎蒼蒼。此非孟德之困於周郎者乎？方其破荊州，下江陵，順流而東也，舳艫千里，旌旗蔽空，釃酒臨江，橫槊賦詩，固一世之雄也，而今安在哉？況吾與子漁樵於江渚之上，侶魚蝦而友麋鹿。駕一葉之扁舟，舉匏尊以相屬。寄蜉蝣於天地，眇滄海之一粟。哀吾生之須臾，羨長江之無窮。挾飛仙以遨遊，抱明月而長終。知不可乎驟得，託遺響於悲風。」

　　蘇子曰：「客亦知夫水與月乎？逝者如斯，而未嘗往也。盈虛者如彼，而卒莫消長也。蓋將自其變者而觀之，則天地曾不能以一瞬。自其不變者而觀之，則物與我皆無盡也，而又何羨乎？且夫天地之間，物各有主，苟非吾之所有，雖一毫而莫取。惟江上之清風，與山間之明月，耳得之而為聲，目遇之而成色。取之無禁，用之不竭。是造物者之無盡藏也，而吾與子之所共適。」客喜而笑，洗盞更酌，肴核既盡，杯盤狼藉，相與枕藉乎舟中，不知東方之既白。

### 鷓鴣天　　　　　　　　　　晏幾道

　　彩袖殷勤捧玉鍾，當年拚卻醉顏紅。舞低楊柳樓心月，歌盡桃花扇影風。

　　從別後，憶相逢，幾回魂夢與君同。今宵剩把銀釭照，猶恐相逢是夢中。

### 登快閣　　　　　　　　　　黃庭堅

　　癡兒了卻公家事，快閣東西倚晚晴。
　　落木千山天遠大，澄江一道月分明。
　　朱絃已為佳人絕，青眼聊因美酒橫。
　　萬里歸船弄長笛，此心吾與白鷗盟。

### 寄黃幾滇　　　　　　　　　　黃庭堅

　　我居北海君南海，寄雁傳書謝不能。
　　桃李春風一杯酒，江湖夜雨十年燈。
　　持家但有四立壁，治病不祈三折肱。
　　想得讀書頭已白，隔溪猿哭瘴溪藤。

### 鵲橋仙　　　　　　　　　　　秦觀

　　纖雲弄巧，飛星傳恨，銀漢迢迢暗度。金風玉露一相逢，便勝卻人間無數。

　　柔情似水，佳期如夢，忍顧鵲橋歸路！兩情若是久長時，又豈在朝朝暮暮！。

### 蘇幕遮　　　　　　　　　　　周邦彥

　　燎沉香，消溽暑。鳥雀呼晴，侵曉窺簷語。葉上初陽乾宿雨，水面清圓，一一風荷舉。

　　故鄉遙，何日去？家住吳門，久作長安旅。五月漁郎相憶否？小楫輕舟，夢入芙蓉浦。

### 聲聲慢　　　　　　　　　　　李清照

　　尋尋覓覓，冷冷清清，淒淒慘慘戚戚。乍暖還寒時候，最難將息。三杯兩盞淡酒，怎敵他晚來風急！雁過也，正傷心，卻是舊時相識。

　　滿地黃花堆積，憔悴損，如今有誰堪摘？守著窗兒，獨自怎生得黑！梧桐更兼細雨，到黃昏、點點滴滴。這次第，怎一箇愁字了得！

### 滿江紅　　　　　　　　　　　　　　　岳飛

　　怒髮衝冠，憑闌處、瀟瀟雨歇。抬望眼、仰天長嘯，壯懷激烈。三十功名塵與土，八千里路雲和月。莫等閒、白了少年頭，空悲切。

　　靖康恥，猶未雪；臣子恨，何時滅！駕長車、踏破賀蘭山缺。壯志飢餐胡虜肉，笑談渴飲匈奴血。待從頭、收拾舊山河，朝天闕。

### 釵頭鳳　　　　　　　　　　　　　　　陸游

　　紅酥手，黃縢酒，滿城春色宮牆柳。東風惡，歡情薄。一懷愁緒，幾年離索。錯，錯，錯！

　　春如舊，人空瘦，淚痕紅浥鮫綃透。桃花落，閑池閣。山盟雖在，錦書難託。莫，莫，莫！

### 青玉案　　　　　　　　　　　　　　　辛棄疾

　　東風夜放花千樹，更吹落、星如雨。寶馬雕車香滿路。鳳簫聲動，玉壺光轉，一夜魚龍舞。

　　蛾兒雪柳黃金縷，笑語盈盈暗香去。眾裏尋他千百度；驀然迴首，那人卻在、燈火闌珊處。

## 破陣子　　　　　　　　　　辛棄疾

為陳同父賦壯語以寄

醉裏挑燈看劍，夢回吹角連營。八百里分麾下炙，五十絃翻塞外聲，沙場秋點兵。

馬作的盧飛快，弓如霹靂弦驚。了卻君王天下事，贏得生前身後名——可憐白髮生！

## 揚州慢　　　　　　　　　　姜夔

淳熙丙申至日，余過維揚。夜雪初霽，薺麥彌望。入其城，則四顧蕭條，寒水自碧，暮色漸起，戍角悲吟。予懷愴然，感慨今昔，因自度此曲。千巖老人以為有黍離之悲也。

淮左名都，竹西佳處，解鞍少駐初程。過春風十里，盡薺麥青青。自胡馬窺江去後，廢池喬木，猶厭言兵。漸黃昏，清角吹寒，都在空城。

杜郎俊賞，算而今、重到須驚。縱荳蔻詞工，青樓夢好，難賦深情。二十四橋仍在，波心蕩、冷月無聲。念橋邊紅藥，年年知為誰生。

## 正氣歌 並序　　　　　　　　文天祥

　　予囚北庭，坐一土室，室廣八尺，深可四尋，單扉低小，白間短窄，汗下而幽暗。當此夏日，諸氣萃然：雨潦四集，浮動牀几，時則為水氣；塗泥半朝，蒸漚歷瀾，時則為土氣；乍晴暴熱，風道四塞，時則為日氣；簷陰薪爨，助長炎虐，時則為火氣；倉腐寄頓，陳陳逼人，時則為米氣；駢肩雜遝，淋漓汗垢，時則為人氣；或圊溷，或毀屍，或腐鼠，惡氣雜出，時則為穢氣。疊是數氣，當之者鮮不為厲。而予以孱弱，俯仰其間，於茲二年矣。審如是，殆有養致然爾。然亦安知所養何哉？孟子曰：「我善養吾浩然之氣。」彼氣有七，吾氣有一，以一敵七，吾何患焉！況浩然者，乃天地之正氣也，作《正氣歌》一首。

　　天地有正氣，雜然賦流形：下則為河嶽，上則為日星，於人曰浩然，沛乎塞蒼冥。皇路當清夷，含和吐明庭；時窮節乃見，一一垂丹青：

　　在齊太史簡，在晉董狐筆，在秦張良椎，在漢蘇武節；為嚴將軍頭，為嵇侍中血，為張睢陽齒，為顏常山舌；或為遼東帽，清操厲冰雪；或為《出師表》，鬼神泣壯烈，或為渡江楫，慷慨吞羌羯；或為擊賊笏，逆豎頭破裂。是氣所旁薄，凜烈萬古存。當其貫日月，生死安足論。地維賴以立，天柱賴以尊。三綱實係命，道義為之根。

　　嗟予遘陽九，隸也實不力。楚囚纓其冠，傳車送窮北。鼎鑊甘如飴，求之不可得。陰房闃鬼火，春院閟天黑。牛驥同一皂，雞棲鳳凰食。一朝濛霧露，分作溝中瘠。如此再寒暑，百沴自辟易。嗟哉沮洳場，為我安樂國！豈有他繆巧，陰陽不能賊。顧此耿耿在，仰視浮雲白，悠悠我心悲，蒼天曷有極！哲人日已遠，典刑在夙昔，風簷展書讀，古道照顏色。

### 虞美人 聽雨　　　　　　　　　蔣捷

　　少年聽雨歌樓上，紅燭昏羅帳。壯年聽雨客舟中，江闊雲低，斷雁叫西風。

　　而今聽雨僧廬下，鬢已星星也。悲歡離合總無情，一任階前點滴到天明。